セーラー服を着させて
Let Sailor uniforms arrive

セーラー服《ふく》を着《き》させて

柊《ひいらぎ》 モチヨ

ILLUSTRATION：三尾《みお》じゅん太《た》

セーラー服を着させて

LYNX ROMANCE

CONTENTS

セーラー服を着させて

1.

昼時の休憩室は、いわば目を光らせた狼《おおかみ》たちが集まる狩場《かりば》だ。彼女たちが狼ならば、自分はきっと、羊を守る番犬といったところなのだろう。

「…山吹《やまぶき》部長、お電話が入ったそうですよ」

わなわなと震えそうになる拳《こぶし》をかくして、必死に耐えた。せまい休憩室の中で、きゃっきゃとさわぐ女性社員たちの群れの中心に、声をかける。すると中心から、困ったような表情をした男性の顔が見えた。この状況を変えてくれたことに対してほっとしたのか、眉尻を下げて笑う。

優しそうな垂れ目に、整った鼻梁《びりょう》。短めな黒髪は、三十代半《なか》ばとは思えないくらい彼を若々しく見せる。

「ああ、ありがとう、橋本《はしもと》くん」

そう言って、女性たちから逃げるように、休憩室の入り口にいる番犬――もとい、橋本柚希《ゆずき》の側《そば》に寄ると、山吹はこそりと耳打ちをした。

「助かりました」

肩を軽く叩《たた》いて、足早に休憩室を出ていく山吹の姿を見送る。

――ああ、いつ見ても……。

　すると、背後からまた肩を叩かれる。振り返ると、先ほどの狼たち――もとい、きゃしゃで可愛《かわい》らしい、柚希の先輩である女性社員三人が柚希を恨《うら》めしげに見上げていた。

「橋本くん、なんで邪魔するのよ！　もう少しで、部長と飲みに行けそうだったのに」

「もしかして、橋本くんが誘われてくれるのー？」

　思い思いに、自分が可愛らしく見える表情や仕草を作り、柚希を見つめる。それを軽く受け流し、柚希はにこりと口の端を上げて微笑《ほほえ》んだ。

「すみません、今日は用事があるので…また今度、誘ってください」

「えーっ？　今日も、でしょ？」

「今日こそは、橋本くんか部長と飲みに行きたかったのにねー」

　残念そうにため息をもらすものの、その場を離れようとしない彼女たちに、柚希はうんざりしてしまう。それでも、ここでそれを表情に出せば、なにを言われるかわからない。顔に張りつけた微笑みを剝《は》がさないまま、とにかく彼女たちの興味が自分からそれるのを待つ。

「俺と飲みに行っても、つまんないですよ」

「つまらなくないの！　ね！」

「そうよー！　次こそ飲みに行こうね？」

　彼女たちが柚希を飲みに誘いたがる理由は、その容姿《ようし》にあった。

背が高く、ほどよくついた筋肉。さらさらでカフェラテのような色をした髪は右でわけていて、そこからのぞく濃い茶色の目がとても印象的だ。暗い紺色のスーツが似合うその美丈夫《びじょうぶ》ぶりに重ねて、手足も長く背筋も伸びており、うしろ姿だけ見ても、女性にモテるだろうことが充分に理解できる。

「橋本くんと飲みに行けたら、他部署の子にも自慢できるくらいよ！」

「ほんとほんと、だって…ねぇ？」

先輩たちは互いに視線を合わせ、くすくすと笑って頬《ほお》を染めた。自慢できるという意味がわからず、柚希は愛想笑いをする。それを見て、またしても彼女たちは楽しそうにはしゃぎ出してしまう。

「仕事もできるし、だからって偉そうにしないし面倒見もいいし」

「この歳《とし》でチームリーダーとか、なかなかいないよねー」

うっとりとした表情で柚希を眺め、褒《ほ》めちぎる。面と向かって褒められてしまった場合、どう返すのが正解なのか、まったく思いつかない。はあ、ありがとうございます…と、あやふやに礼を言い、ぎこちない苦笑いで返事をした。

柚希が所属するのは、大手化粧品会社の中でも、一番女性社員が多い商品開発部だ。女性リーダーが多いこの部署で、柚希は数少ない男性社員。その上、二十六歳でチームリーダーの地位を得ていた。昔から要領がよく、歳の離れた姉の教育のたまものか、女性の扱いに長《た》けていたこともあり、個性豊かな女性社員たちをまとめて仕事をすることは、容易なことだった。そんな素質を見抜かれ、今年度よりチームリーダーに抜擢《ばってき》されたのだ。

そういった、いわゆる「できる男」である柚希だが、その立場や女性にモテるという事実を、まったくひけらかそうとはしない。むしろ、後輩の面倒見もよく、数少ない男性社員とも仲がよくて、だれに対しても同じ態度で接している。そういった性格もあり、後輩や男性社員たちからも、一目《いちもく》置かれた存在だった。

「あ、もう行かないと…」

「ちゃんと今度は飲みに付き合ってよ！」

先輩たちは柚希に手を振って、休憩室を出ていく。その足音が遠ざかったあと、柚希は近くにあった椅子に座り、大きなため息をついた。

「…橋本くん、橋本くん」

「うわ、はい…！」

ぼんやりと休憩室の椅子に座り込んでいると、先ほど休憩室を出ていった山吹が、入り口から顔を出して柚希を呼んだ。おどろいて山吹のほうを振り返り、立ち上がって近寄る。

「どうしたんですか、もう女子は戻りましたよ」

「いや、きみに用があって」

「えっ」

優しそうな顔で微笑むと、山吹は柚希の手を摑《つか》む。そしてその手のひらに、小さな色紙《いろがみ》に包まれた丸いものをいくつか置いた。

「さっきはありがとうございます。これ、お礼」

よくよく見てみると、それは飴《あめ》だった。手のひらに載った飴を見つめると、山吹が、ああ、とつぶやく。

「ごめん、男のきみに飴なんて。甘いもの、嫌いでしたか？」

「いやっ大好きで……っ」

大きな声で言ってしまい、あわてて口をつぐんだ。すると、山吹は安心したように微笑む。その笑顔に、柚希はひそやかに、心臓がきゅうっと締まるのを感じた。

「よかった。じゃあ」

手をひらひらと振って、山吹は休憩室を出ていった。そのうしろ姿を見つめながら、飴を両手で握る。そして頰を染め、眉毛をハの字にして、心の中でつぶやいた。

（山吹部長、ごめんなさい…あたしもあの女たちと同じ、あなたを狙《ねら》ってる狼なのよ……っ！）

…つい、内股になってしまいそうなのを、我慢しながら。

——仕事ができて、面倒見がよくて優しいイケメンサラリーマン。それは、柚希が厳しい世間でうまく生きていくための、仮の姿に過ぎない。

実際は、包容力たっぷりな雄羊に抱かれたい野望を抱《いだ》く、番犬の皮をかぶった狼――いや、女装好きのオカマだった。

化粧品会社に就職したのも、恥ずかしくて買うことすらできない可愛い化粧品を、自らの手で作れると思ったからだ。

学生時代から、歳の離れた姉が持っていた化粧品や雑誌をよくこっそり眺めていた。しかし、今は「仕事だから」という名目で、キレイな化粧品や可愛らしい洋服が載った雑誌を、買ったり借りたりすることができる。次第に仕事にのめり込むようになり、いつの間にか、チームリーダーにまでなってしまったのだ。

女性の扱いがうまいのは、柚希が女性の心を持っているから。男性社員に優しいのは、ちょっとした下心があるから。そういった、柚希がかくしている性質が、彼をさらに人気者にしている要因だった。

…だからといって、すべてがうまくいくわけではないのだが。

その日、柚希はめずらしく深酒をしていた。酒にあまり強くない柚希は、いつもビールを一、二杯飲む程度にしている。あまり飲みすぎてしまうと、べろべろに酔っぱらって、普段はかくしている女性の口調でさわいでしまう。そうなってしまえば、自分の居場所がなくなる。だからこそ、存分にヤケ酒をしたいときは、唯一自分の性癖《せいへき》をごまかさずにいられる場所——行きつけのバーへ向かうことにしていた。

「……橋本くん、飲みすぎですよ」

このバーは、柚希と同じような境遇にいる人たちが集まる場で、自宅マンションからそう遠くないところにあった。「そっち」の人たちが集まる空間である路地裏に建つ小さな店は、中年のマスターがひとりで切り盛りしている。せまい店内にはバーカウンターと、テーブルが三つ。オレンジ色のライトが客をほっとさせる、おだやかな雰囲気の店だ。社会人になって半年後、勇気を出して初めて入ったこの店がとても気に入って、柚希はそれからずっと通っていた。

ぐったりとカウンター席に突っ伏していた柚希は、マスターに肩を揺さぶられ、うなりながら顔を上げた。

「橋本くん、今日はどうしたんですか？」

「んー……」

ぼんやりとした視界に、髭《ひげ》を生やしたマスターを映《うつ》しながら、柚希は頬杖をついてため息をこぼす。

スーツが着崩れて、髪も多少乱れており、いつもとはちがう雰囲気が漂っている。

「…だって、飲まなきゃやってられないのよ…ううう っ」

またしても机に突っ伏してしまった柚希のとなりの席に、柚希より少し背が低い男性が座った。二十代前半くらいの、可愛らしい顔立ちをした青年は、寄り添うように柚希の背中をさする。

「またフラれちゃったんでしょ？　だからゆずさんは、ネコなんて柄《がら》じゃないんだってー」

「うるっさいわね！　まだフラれてない！」

テーブルに突っ伏したまま、青年の手を振り払う。

「でも、あきらめちゃったほうが楽だって。俺とか、どうかな？」

柚希にぴったりと寄り添い、そっと耳打ちするのを見かねたのか、マスターは青年の手を引っ張り、体を離させた。ゆっくり身を起こしたが、柚希は酔った体が相当きついらしく、再び頬杖をついた。乱れた髪をそのままに、少し目を細め、濃い茶色の瞳でじっと見据《みす》えると、青年はカアッと頬を染める。

「ちょ、ゆずさん…そんな目で見つめないでよ…」

「…にらんでるのよ、ばか」

照れてそわそわと視線を泳がす青年を見て、ふと、昔のことを思い出した。

（…こういうタイプに、きゅんとできるかもなんて思った時期もあったなあ…）

男性なのに心は女性という自分が、どれだけ周りから受け入れがたい存在であるか。それは、自分が一番よくわかっている。

中学生のころ、自分が周囲とちがうことに気づいた。厳しい両親に相談することができないのはもちろん、歳の離れた姉にも、ぜったいに言えない事実だった。周囲とちがうことをかくすために、学生時代はずっと武道に明け暮れた。男っぽい話し方や仕草を練習して、告白してきた女子と付き合ってみたこともあった。結局はどうしてもキスすることができなくて、頬を叩かれてフラれたけれど。

(高校時代なんて……ほんと、思い出したくない…)

思わずそのころを振り返りそうになって、柚希はまたグラスに入っていたビールを呷《あお》る。

社会人になってから、この店に通い始めたころ、店で出会った人を好きになって、奇跡的にその相手から告白されたこともあった。しかし、いざホテルに行ったとき、言われてしまった。

『僕はきみを、抱くことはできない』

男らしい体と低い声の柚希は、ネコには好かれたけれど、ことごとくタチには一切モテなかった。一度だけ、抱かれそうになったこともあったが、結局、割れた腹筋と自分より大きい柚希のアレに引いて、帰ってしまった。

そんなことが続き、さみしくなった柚希は、言い寄ってきたネコの子と遊んでしまったこともあった。しかし、特別に好きでもない相手と寝てしまったことで、マジメな性格の柚希は、相手を傷つけてしまったと後悔した。それ以来柚希は、どれだけ誘われても乗らず、ひとりきりで過ごすようになっていたのだ。

（でもあたし、やっぱり山吹部長みたいな、包容力たっぷりの男が好き…っ）

テーブルに突っ伏したまま、頬を染めて山吹のことを思い出した。優しい笑顔、おだやかな口調、仕事でミスしてもフォローしてくれた器の大きさ、キレイな指に、視線を奪われるくらい大人っぽい魅力的な仕草――。

そこまで妄想して、テーブルに指でハートを描きながら、ニヤニヤと笑い出したあやしい柚希は、急に今日の出来事を思い出す。

「…あたしはどうせ、番犬にしかなれないのよ――っ…！」

拳をぐっと握って叫ぶと、マスターや青年は呆《あき》れたように笑う。以前、一度だけ落ち込んでヤケ酒をする柚希を見たことがある。店で出会った相手にフラれたときのことだ。あのときも、今と同じようにマスターになぐさめてもらって、ようやく立ち直れた。

「橋本くん、そろそろ帰ったほうがいいですよ。明日の仕事、遅刻しちゃいます」

「…んむ、それもそうよね…遅刻したら、部長に嫌われちゃう…」

ふらりと立ち上がると、となりの椅子に置いていた黒いカバンを掴み、中をごそごそと探る。財布を取り出して支払いを済ませようとしたところを、マスターが止めた。

「代金は次来たときでいいですから。ちゃんとタクシーで帰るんですよ」

「んー……ありがと、マスター」

おぼつかない足取りで立ち上がり、マスターに手を振る。コートを着ると、柚希は店を出ていった。

「……今日こそ、ゆずさんをホテルに誘えそうだったのにな」

カウンターの椅子に勢いよく座り直し、頬杖をついた青年は、むくれた表情で冗談っぽく言って、マスターをじろりとにらんだ。

「…橋本くんのことはやめてあげなさい。昔のこと、すごく後悔しているんですから」

彼、マジメだからね。そう言って、マスターは柚希が飲み残していったグラスを手に取った。


（飲みすぎた……）

マスターにはタクシーで帰れと言われたが、酔いを醒《さ》ましたくて歩いて帰ろうと思っていた。コートの前のボタンをはめずに、柚希は足元を見ながら、暗い路地を頼りない足取りで歩く。春が近いといっても、夜は寒い。少しずつ冷えてはっきりしてくる頭の中で、今日の部長との出来事を思い出す。

（…部長、かっこいいな。好きにならないほうがムリよね）

今年の春のこと。めずらしく仕事でミスをして落ち込んで、休憩室でぼんやりとしていたときのことだった。なにげなく座った席のとなりに、山吹がいた。いつものように、なにもない顔で話せる余裕はなかった。わざとらしいかと思ったが、すぐに席を立って離れようとしてしまう。

『…きみ、橋本くんですよね？』

『え…』

まさか、声をかけられるとは思っていなかった。山吹は自分の上司であり、時折仕事のことで相談することはあっても、そこまで深く関わることはなかったからだ。山吹は、物静かで目立たないものの、醸《かも》し出す雰囲気がとても優しくて、彼にこっそり憧れる女性社員は少なくなかった。自分とはちがう生き方をしてきたのだろう、そんな印象でしかなかった。

おどろいて立ったまま固まっていると、山吹は優しい笑顔を返した。

『この間、きみが案を出してくれた、あのヘアカラーのパッケージデザイン、すごく可愛いと思っていたんですよ。おそらくあれで、決まりです』

『はあ…そうですか』

それは、社内にて募集された新商品のパッケージデザインに、匿名《とくめい》でこっそりと応募したものだった。おそらく山吹は、新商品のプレゼンの会議資料に目を通したときに、柚希が応募したものを見たのだろう。自分が考えたものを可愛いと言ってくれたことが、ちょっとうれしかった。しかし、その前に自分が可愛いと思って買ってカバンに入れていた小物を同僚に見られ、『似合わない』と言われてしまったこともあり、素直に喜べなかった。柚希はつい、遠慮気味に笑う。

『でも、俺が考えたなんて言ったら、みんなびっくりしますね』

『え？　どうして？』

『どうしてって…どう見たって、俺に似合わないですから』

きっと普通なら、そうだね、なんて言って笑うだろう。だからこそ、柚希は冗談ぽくそう言って、肩をすくめてみせた。

しかし、山吹は笑うことはなかった。なんの躊躇《ちゅうちょ》もなく優しい顔で、言った。

『似合うと思いますよ。きみ、すごく髪の色キレイだし。このデザインの色も、とても似合う』

――たったそれだけで、だれかを好きになれるんだと、柚希は知った。

しかし、自分は山吹と同じ性別で、山吹は女性が好きな普通の男性で。どうしたってその事実は変わらない。いつも、女性社員たちが山吹の前で楽しそうにさわいでいるのを、遠くから見つめるしかなかった。

本当は、近づきたい。もっと話したい。さわりたい――。

「っ、さわんじゃねぇよ、ヘンタイ…ッ！」

とつぜん、前から大声が聞こえて、どきりと心臓が跳ねあがった。自分が思っていたことが口に出ていたのかとおどろくが、すぐにその懸念《けねん》は消えた。

「んだよ、こんなとこ歩いてるんだから、キミもそういうの期待して来たんだろ？」

「ちょっと、飲みに行くだけだから。近くにいい店あるからさぁ」

顔を上げて前を見ると、柚希から少し離れた歩道を歩く三つの影が目に入った。ガラの悪い男がふたり、背が低い青年を囲んで歩いている。酔っぱらっているのか、言葉も乱暴で、足取りもおぼつかない。青年は迷惑そうに、男たちの腕を払いのけようとするが、自分よりも大きな体のふたりを追い払うことが、なかなかできないといった様子だ。大きめなミリタリーコートのフードを深くかぶり、顔はまったく見えない。おそらく、柚希よりも若いのだろう。未成年にも見える。

ゲイが多いこの界隈《かいわい》で、しかも今は深夜だ。男から男へのナンパも稀《まれ》ではない。この時間にこの路地を歩いていれば、声をかけられる確率が高いことは周知のことだ。

（知らないで歩いていたってことは…ノンケなのかな…？）

なにも知らずに、間違ってこの道を歩いてしまったのだろうか。それでも普通なら、ノンケだと知ればだいたいのナンパは引き下がって終了する。人通りが少ない深夜で、しかも酔っているためか、青年がいやがっているにもかかわらず、男らは引き下がらずしつこく誘っているようだった。

（…いやがってんのに、しつこい男ね…）

しつこく誘っている姿を盗み見ていると、イライラしてくる。おそらく、酔いも原因の一つだろう。もともと、困っている人を放っておけない性格の柚希は、眉間にしわを寄せて、歩く速度を速めてその男たちに近づいた。まだ酔いが回っていて、めまいもしたが、それすらも気にならないほど苛立《いらだ》っていた。

「…ちょっと。その人、いやがっていますけど」

「は？」

強い力で男の肩を摑み、振り向かせる。すると男の口から、タバコと酒のニオイが漂う。タバコが嫌いな柚希は、さらに不機嫌そうに顔をしかめた。

「いやがってないじゃん、なぁ？」

「おい、やめとけって」

通りすがりの人間である柚希に注意されたことで、怖気《おじけ》づいたのか、男たちのうちのひとりは、もうひとりの男を止めようと声をかけた。しかし、男は顔を真っ赤にしながら、強引に青年の肩を抱いて自分のほうに引き寄せる。

「ちょっ…！」

フードの下から、いやそうに唇を嚙《か》んでいる顔が少しだけ見えた。両手で男の体を押して、なんとか離れようとするが、かなわないのだろう。青年の力だけでは、状況は変わらなかった。

注意してもやめようとしない男を、怒りがにじんだ表情でにらむ。今日の職場での出来事のおかげで、すっかり感傷にひたりムシャクシャしていた柚希は、八つ当たりをしたい気持ちでいっぱいだっ

た。苛立ちをかくせない声色《こわいろ》で、男に注意する。

「…いやがってるし、たぶん未成年なんじゃないですか。お酒を飲ませていい年齢では…」

「うるせぇな、アンタに関係ないだろ！」

青年の肩を抱いたままの男に、唾《つば》が飛ぶ勢いで怒鳴られる。苛立ちで、拳が震えた。こういった、自分勝手な人間は嫌いだ。

「うるさいのはアンタなのよ！　やめろって言ってんじゃないの！」

……あ。やばい。

つい、素《す》の口調で声を荒げたことを後悔した。しかし、おそらく自分と同じ性癖の、きっとこの場以外では会うことのない相手。酔って思考力が低下している中、柚希は青年の腕を掴んで強引に男から離すと、自分のほうに引き寄せた。

「…にすんだ、このオカマ…ッ！」

男は顔を真っ赤にして、拳を振り上げ、柚希を殴ろうとした。しかし——。

「うわ…っ！」

その腕を掴み、柚希はそのまま自分の体をひねって、男を背負い上げた。瞬間、男の体が宙に舞い、大きな音を立てて、背中から地面に衝突する。

「つぐ…ッ」

その間、一秒。とつぜん背負い投げをされて、男はくぐもった声を上げた。柚希は、少し赤くなった顔と据わった目で男をにらむ。

「なにすんのよ！　危ないじゃない！」

とにかく不愉快で仕方ない。自分が悩んでいる側で、のんきにナンパしてんじゃないわよ！　なんて、理不尽なことを頭の中で怒鳴り散らした。

「こんな未成年に声かけて、無理やり連れていこうとするなんて…早くどこかに行かないと、警察呼ぶわよ!?」

そう言って、スマホを取るふりをしてカバンに手を突っ込むと、男は青い顔をして立ち上がり、もうひとりと共に足早にその場から去っていく。そのうしろ姿を満足げに見送って、カバンから手を出した。

もとより、警察に電話をする気はなかった柚希は、思っていたとおりに男たちが逃げてくれたおかげで、少し安心した。先ほどはつい学生時代に鍛《きた》えた柔道技をかけてしまったが、なるべく大きなさわぎは起こしたくない。こんな、ゲイが集まる街中で飲み歩いていたことを知られたら、会社に自分の居場所はなくなる。それに、山吹に性癖を知られて、嫌われてしまうことが、とても怖い。

早めに青年をこの場所から帰して、自分もマンションへ戻ろう。そう考えて柚希は、フードを深くかぶったまま、うつむいて動かない青年のほうを振り向く。

「…アンタも早く帰りなさい。この辺りを歩いてたら、さっきみたいなのにまたつかまるわよ」

一度この口調で話してしまったのだから、もうかくしたってムダだろう。それに、この青年にだってもう会うことはない。柚希は本来の口調で青年に声をかけた。

「…………」

まったく反応せず、うつむいたままの青年に、柚希は眉をひそめた。具合でも悪いのだろうか…？

「ちょっと、どうしたの？　もしかして、さっきの怖かったの？」

背が低いために、相手がどんな表情をしているのかわからない。心配になった柚希は、その顔をのぞき込もうと肩に手を置いた。その瞬間、青年の体がびくっと跳ねる。

「ち…ちがう！」

柚希の手を払いのけたと同時に、顔をかくしていたフードが落ちて、その顔が見えた。

少しクセのある金色の髪に、幼さが残る顔立ち。きゃしゃな体つきに不釣り合いな、両耳に飾られた大きなピアス。少し吊《つ》り目気味な瞳は、印象的な緑色だった。日本人のような顔立ちをしているものの、髪や瞳は、人工的に彩《いろど》られたものとは思えないくらいキレイだ。

（う…わぁ、すごくキレイ）

その顔をじっと見ていると、青年は自分の顔をかくすように、またフードを深くかぶる。そして、フードの両端を握ったまま、またうつむいた。

あまり、自分の姿を見られたくないのだろう。

「あ…あぁ、ごめんなさい」

柚希は見惚《みほ》れていたことをかくすように、ぶしつけに見つめてしまったことを謝って、青年の背を軽く叩いた。

「とにかく、帰ったほうがいいわよ。第一、未成年がこんな時間に…」

「…アンタには関係ない」

ぴしゃりと、柚希の厚意を叩き落とすかのように、強い口調で言い放つ。フードを深くかぶった姿では、どんな表情をしているのかわからなかったが、不機嫌な顔をしていそうなのは確かだ。

言い方にムッとしたものの、相手は自分よりも年下の子ども。ここで怒っては大人げないと思い、柚希はふう、と息をついた。

「そうね、関係ない。でも、夜中にしつこいナンパにあって困っている人がいたら、それを『関係ない』と言って通り過ぎることはできないわよ」

「………」

柚希の言葉を聞いて、彼は黙ってしまう。なんの言葉も返さず、ただうつむく青年の様子に居心地が悪くなり、柚希は青年の顔をのぞき込むように首をかしげた。

「…もしかして、ほんとに怖かったの？」

「……！」

目が合うと、ぎょっとしたようにその目を見開き、両手で柚希の体を押して距離をとった。

「近づくな…！」

柚希から逃げるように、足早に来た道を引き返し始める。その避けるような態度に、ずきりと心臓がうずく。覚えがある痛みだ。

『近づくなよ、気持ち悪い…っ！』

——なんで、こんな子どもの言葉に傷ついているのよ。もう慣れていることじゃない。

青年の言葉が、昔、ある人から言われた言葉と重なった。とたん、そのころのことが脳裏に浮かぶが、すぐに考えるのをやめる。思い出してうじうじしたって、なんの意味もない。

去っていくそのうしろ姿を見つめながら、落としていた自分のカバンを拾う。先ほどの騒動で、酔いもだいぶ醒めた。彼が歩くほうに背を向けて、コツコツと足音を立てながら、自宅へ向かい歩き出す。

——ドサッ。

少し歩いたところで、うしろから音が聞こえた。違和感を覚え、立ち止まって振り返ると、歩道に倒れている青年が目に入る。

「…え…!?」

あわてて走り寄り、抱き起こす。身動きしないことに不安がつのり、フードを外した。息はしているが、苦しそうな表情でまぶたを閉じている。顔が赤いことが気になって、その額に触れた。

（…熱……?!）

あきらかに体温が高かった。荒い呼吸で、首筋に汗もかいている。とつぜんのことに、柚希は動揺して周囲をきょろきょろと見渡すが、暗い路地には人が見当たらない。タクシーで病院に連れていこうにも、車が頻繁に通る場所ではない。

「…っ救急車…！」

熱い体を片手で抱いて膝に乗せたまま、もう片方の手でカバンの中を探る。スマホを見つけると、すぐに取り出した。

「…呼ばなくて、…いい…っ…」

スマホで、一一九と番号を押そうとしたところで、弱々しい声が聞こえた。苦しそうに顔を歪《ゆが》めて息をつきながら、柚希が持つスマホに手を伸ばしてくる。あきらかに、重病人だ。

「なに言ってんのよ、いいわけないでしょ！」

伸ばされた手から守るように、柚希はスマホを持つ手を上げた。番号を押し終えてすぐ、救急隊員の声が電話口から聞こえてくる。

「すみません、急病人がいるんですが…」

職場で使っている男の口調で、救急隊員へ状況を説明していると、スマホを奪おうとする手が、力なくぱたりと落ちる。追うように視線を落とすと、青年はまた苦しそうに顔を歪めながら、柚希の腕に体をあずけて意識を手放した。

2.

「……ん」

柚希が、うつらうつらと体を揺らしていると、青年がゆっくりと目を開けるのが見えた。機械音だけが聞こえる、暗くてしずかな病室。その病室の端にあるベッドで、じっと様子を探るようにこちらを見据えている。

「よかった…目を覚ましたのね」

丸椅子から立ち上がって、ナースコールのボタンを押す。ベッドの横のスピーカーから、看護師の声が聞こえて、柚希は青年が目覚めたことを告げた。すぐに看護師が駆けつけるだろう。

青年は、視点がさだまらない瞳で何度かまばたきをする。おそらく、状況を理解できないのだろう。

安心した柚希は、熱を測るために顔をのぞき込み、額に触れた。

「熱、少しは下がった？」

「っ……！」

触れた瞬間、びくっと体を震わせて、柚希の手を振り払った。それでも、起き上がれないほど体力を消耗しているのか、いぶかしげに柚希をにらむ以上のことはしてこない。

振り払われた手をそのままに、柚希はおどろいて目を丸くし青年を見つめた。

（な…なに、そんなにあたしが気持ち悪いっていうの？）

あからさまに、嫌悪感をむき出しにされる。ふだん、本来の姿をかくして生活している柚希にとって、久々に向けられた侮蔑《ぶべつ》の視線。ずきりと、心臓が痛んだ。

「…失礼ね。べつになにもしないから、ちゃんと寝て待ってて。今、看護師さん来るから」

青年から離れて、また丸椅子に座り直した。ひらひらと両手を振って、ほら、もうさわらないわよ、とアピールしてみる。それでも青年は、柚希をにらむことをやめようとしない。

「…ああ、そういえば状況、知らないのよね。とつぜん昨日の夜に倒れたから、救急車呼んで病院に連れてきたの」

青年を安心させるため、簡単に状況を説明した。

まったく青年のことを知らなかったため、救急隊員に名前を確認されたとき、青年がコートのポケットに入れていた財布を見つけて、申し訳ないと思いつつも、あわてて開いた。中に入っていた保険証で、青年が瀬谷恭平《せやきょうへい》という名前だということを知った。

しかし、スマホなど、親族と連絡が取れるものを恭平は持っていなかった。さすがにひとりにはできなくて、柚希は救急車に乗って病院まで付き添った。なかなか意識が戻らず、熱が下がらないまま、一晩中うなされる恭平を置いて帰ることができず、翌日もずっと付き添っていた。ちょうど週末だったため、仕事も休みで、付き添うことができたのだ。

「………」

状況を説明しても、恭平は柚希と視線を合わせようとせず、あいかわらず布団を頭までかぶって、顔すら見せようとしない。恭平の態度には傷ついたものの、きっともう会うことなんてないだろう。さすがに、保護者と連絡がつかない状態の恭平を置いて帰ることなんてできないから、それまでの間、気にしていないふりをしようと決めた。それに、大人げなく怒るなんてことをしたくもなかった。

恭平はようやく、ゆっくりと強張《こわば》らせていた体から力を抜く。一度、布団から頭を出して、柚希のほうに視線を寄越したものの、すぐにまた柚希に背を向けた。構わずに、柚希は話しかけた。

「アンタはいいって言ったけど、具合悪くて倒れている人を置いていくわけにはいかないから。…悪いけど、病院の人にお願いされて、アンタの保険証の名前を見ちゃった。身元がわからなかったから、仕方なく」

最後に言い訳をつけて、恭平に説明した。それでも恭平は、なにも答えない。保険証を見たと言えば怒るかな、と思っていたが、柚希はちょっと安心して息をつく。

「あたしが今までついてたのは、さすがにアンタをひとりで残すわけにはいかなかったから…ねぇ、家族、心配してるんじゃない？　連絡先…」

家族、という単語を口にしたとたん、恭平がまた体を強張らせた。それでもなにも言わない恭平の様子を見て、柚希は口をつぐんでしまう。

…触れられたくないことなのだろうか？

「瀬谷さん、目が覚めたんですね」

ちょうど、病室の入り口から看護師があわてた様子で入ってきたために、それ以上は聞くことができなかった。


「すみません、橋本さん…こんな遅くまでついていただいて。瀬谷くんもだいぶ体調が戻ったので、もうお帰りになられても大丈夫ですよ」

自分と恭平の飲み物を買うため、病院の自動販売機コーナーまで来たところで、恭平を担当している看護師と一緒になった。申し訳なさそうに頭を下げる看護師に、柚希は笑顔で返した。

「いえ、僕が心配だったのでついていただけですから。ちょうど週末なので、仕事も休みですし」

あれから、看護師は恭平から家族の連絡先を聞いて、すぐに連絡をした。しかし、『仕事で忙しいからすぐには行けない』と言われたというのだ。まだ体調が戻っていない恭平を、ひとり病室に残しておくことができなくて、病院の職員にきちんと身分を説明した上で了承をもらい、柚希は恭平に付き添っていた。恭平も、柚希を警戒しているものの拒否はしなかった。

柚希は恭平とは、通りすがりに助けただけの関係。看護師からしてみれば、申し訳ないと感じるのだろう。

「ご家族がいらっしゃいましたら、私どもからもお伝えしますので…本当にありがとうございます」

柚希を見上げてそう伝えると、看護師は足早に去っていく。踵《きびす》を返して、柚希も病室に向かった。


病室に戻ると、電気をつけたまま、恭平は無防備に眠っていた。ようやく熱が下がって、落ち着いたのだろう。ゆっくりとした寝息が聞こえて、柚希は病室の電気を消した。ベッドの横の小さな明かりをつけると、それほどまぶしくはない。これなら、恭平も起きないだろう。

柚希は丸椅子に座り、買ってきたペットボトルをベッド横のテーブルに置く。恭平の額に汗が浮かんでいたため、ハンカチを取り出し、起こさないように拭こうと手を伸ばした。

「……！」

ハンカチが額に触れた瞬間、恭平の目がぱちりと開く。さわるのを拒まれたことを思い出して、思わず手を引いた。

「……」

恭平はゆっくりと起き上がり、額の汗を手の甲でぬぐう。そして、柚希を見つめた。

「汗をかいてたから、拭こうと思っただけよ。ほんと、警戒心強いわねアンタ。ノラ猫みたい」

警戒心むき出しの視線を寄越してくる恭平に耐えかねて、膝の上で手を組み、ため息をついた。つい本音がもれてしまい、文句を言われるかと思った。しかし恭平はなにも言わずに、こちらを見つめてくる。あまりに見てくるので、視線を合わせてしまう。

深い緑色の目。髪も金色だが、顔立ちは日本人寄りだから、おそらくハーフかクォーターなのだろう。本当に、引き込まれそうなくらい澄んだ緑の色だ。その目が、あまりにキレイで、見惚れてしまう。

「…キレイな目……」

そしてつい、考えていたことが口からもれてしまった。感心したような柚希の言葉を聞いた瞬間、恭平がハッと目を見開く。そして、すぐに柚希に背を向けて、布団の中に潜《もぐ》ってしまった。

「え、ちょっと、どうしたのよ」

とつぜんかくれてしまった恭平が心配になり、柚希は立ち上がってベッドに寄る。枕元に手をついて、恭平に声をかけた。

「なに、目のこと？」

「………」

恭平は答えない。なにか、地雷を踏むようなことを言ってしまったのだろうか。不思議に思いながら柚希はまた声をかけた。

「あ、キレイとか言われたくなかったの？　いいじゃない、キレイに男も女も関係ないわよ。かくしてちゃ、キレイな緑の目がもったいないよ」

そう言うと、恭平は体を起こして、柚希をにらみ上げた。今までとはちがう、本気で柚希を拒絶するその表情に、息を呑《の》んでしまう。

「どこがキレイだよ、こんな…ッ！」

カッとなって怒鳴った恭平は、すぐに口をつぐんだ。そして、またかくすように布団を頭からかぶる。

（…もしかしてあまり、目のこと触れられたくなかったのかな…）

なぜかはわからないが、恭平は会ったときから、かたくなにフードを深く下ろしていた。自分の姿をかくそうとする恭平に、本質を知られまいとする自分が重なる。

夜中に、あんな道を歩いていたこと。仕事を理由にして、倒れて病院に運ばれた恭平のもとに現れない親族のこと。どうやら他人に怯《おび》え、関わろうとしないこと。――恭平がなにかの事情を抱えていることは、容易に想像できた。

きっと、柚希が自分の性癖を、だれにも知られたくないと思っているように、恭平にも触れられたくない部分があるのだろう。その、一番かくしたい部分に、自分は立ち入ってしまったのだと感づいた柚希は、唇を噛んだ。

「…ごめん。あたしがオカマなのをかくすのと同じように、アンタにだってかくしたいことはあるよね」

自分に背を向ける恭平に、柚希はベッドに座ったまま、声をかけた。

「…でも、ほんとにキレイだと思ったの。あたしだったら、かくさない。その目を使って、男を誘惑してやるわね」

冗談っぽく言ってみるものの、恭平は沈黙したままだった。まずいことをしたかと思ったものの、それ以上はなにも言えずに、ベッドから離れ椅子に座った。

朝方、風呂に入るため一度帰宅した柚希は、シャワーを浴びて着替えをし、必要なものをそろえてまた病院に戻った。

「…あっ！　橋本さん、どこに行ってらしたんですか⁉」

恭平の病室に向かおうと廊下を歩いていると、看護師があわてた様子で声をかけてきた。

「あ、ちょっと自宅に…」

「恭平くんのご家族が、今いらっしゃっていたんですよ…！」

仕事が忙しいという理由で来なかった家族が、ようやく恭平のもとに来たと聞いて、安心して顔がほころぶ。家族が来てくれたなら、恭平も少しは安心するだろう。

「来たんですね…よかった。瀬谷くんも、安心しましたよね」

「はい…あ、瀬谷さん、こちらです！　この方が恭平くんを看《み》ててくれて…」

恭平の病室のほうから、あわただしい足取りで、高級そうなスーツに身を包んだ初老の男性が歩いてきた。おそらく、それなりにいい立場の人間なのだろう。

看護師に呼び止められた男性は、眉間のしわを一層深くした。

「…そうですか。ありがとうございます」

柚希の前で立ち止まると、いぶかしげな視線を寄越《よこ》し、ぶっきらぼうに礼を言った。あまりにも態度が悪く、ムッとしてしまう。…なんでこんなに不機嫌なんだろうか。

「恭平はもう連れて帰りますから」

「えっ…!?」

柚希から視線をそらして、男は看護師に早口で伝えた。とつぜんの申し出をされて、看護師は動揺したように表情を曇らせる。

「で、でもまだ、恭平くん本調子じゃ…」

「構いません。今日を逃したら、いつ引き取りに来れるかわかりませんから」

引き取る、と、まるで動物を扱うように言い放つ父親と思われる男性の言葉を聞いて、柚希は思わず眉をひそめた。それに気づいた男性は、表情を変えずに柚希を見上げた。

「…なにか?」

不機嫌な様子で聞かれ、腹が立ったものの、なんでもないという顔で愛想笑いを返す。ここで怒ってトラブルになってしまえば、この看護師にも迷惑がかかってしまう。申し訳なさそうに柚希に謝っていた彼女の気持ちを無下《むげ》にしたくなくて、柚希は一歩下がった。

(このクソオヤジ、ほんとなんなの…!?)

男性から離れ、ナースステーションのほうまで行き、恭平の病室に向かって歩き出した。心の中で男性に罵声《ばせい》を浴びせ、なんとか自分を収めようとしたが、かくしきれない怒りで肩が強張《こわば》る。

帰る前に、恭平の様子を見ておきたかった。昨日ようやく熱が下がったばかりで、本当に帰って大丈夫なのか心配だったからだ。

「…貴方《あなた》たちには関係ないでしょう！」

背後で男性が大声を上げたことに気づき、思わず立ち止まった。振り返ると、先ほどの男性に怒鳴られ、看護師数人が困ったようにおろおろしている。

「で…でもまだ、熱が下がったばかりで…」

「もう熱はないんだろう？　だったらもういいじゃないか！」

どうやら、熱が下がって間もないため、もう少し留まるよう、看護師が勧めたのだろう。苛立っていた男は、周りの目を気にしないで看護師を怒鳴りつけていた。

「ちょ、ちょっと落ち着いてください」

見かねて、看護師たちのほうに走り寄ると、案の定、ぎろりと強い視線でにらまれる。周りにいた患者や家族は、おどろいたようにその光景を見つめていた。男はそのことに気付き、ばつが悪そうに舌打ちすると、ぼそりとつぶやいた。

「ったく…、なんで私があいつのために、時間を割《さ》かなきゃならないんだ…」

その言葉を聞いて、さすがに柚希も我慢が利かなかった。看護師をかばって男性の前に出たまま、愛想笑いもせずに男性を見据えた。

「その言い方はないでしょう？　自分の息子さんじゃないですか」

「…あいにく、私の息子ではない。あんな、父親がだれかもわからないヤツを、親戚だからと無理やり押しつけられて…」

そこまで言って、ようやく男性は口をつぐんだ。怒りに任せてこぼしてしまった言葉に後悔して、男性はすぐに踵を返して出口に向かった。

「…恭平には、下の車で待っていると言ってある。入院費はあとで請求書を送ってくれ」

それだけ言い残して、男性は病棟《びょうとう》の出入り口から出ていった。

家族という言葉を聞いて、体を強張らせた恭平を思い出した。あの男性を家族と呼ぶのなら、恭平にとって家族はきっと、いいものではないのだろう。

「…さっき、あの人が言ってるの聞いたんだけど、どうやら恭平くんのお父さん、恭平くんができたことを知って消えたらしいのよ。お母さんも何年か前に、失踪《しっそう》したらしいし…」

「お父さん、外国の人なんでしょう？　お母さんもだけど、見つかるわけないわね…」

あわてて男性を追おうとする看護師を横目に、ナースステーションで作業しながら、こそこそと噂《うわさ》話をするほかの看護師たちの声が聞こえた。

「すみません、橋本さんが看ていてくださったおかげで恭平くん、体調がよくなったのに……！」

「ああ、いいんですよ。僕も、べつにお礼を言われたくて付き添ったわけじゃないので……」

何度も頭を下げて謝る看護師をなだめて、柚希は病棟の出入り口から出ると、エレベーターに乗った。

（…帰っちゃってたんだ）

エレベーターのボタンを押して、扉が閉まるのを確認し、壁にもたれかかった。

恭平の病室にはなにも残っておらず、すでに恭平も病室を出たあとだった。おそらく、車には向かわずに、自分で帰ったのだろう。心配な一方で、先に帰っていてくれたことに、少し安心していた。

（……あんな言葉、聞かせたくないし…）

男性がつぶやいていた言葉や、看護師たちが無遠慮に噂していた言葉が、恭平に聞かれていなくてよかったと思った。恭平やあの男性の様子を見れば、恭平はすべてを知っているのかもしれない。それでも、改めて聞いてもいい思いをするものではない。

それに昨晩、恭平を傷つけてしまったことが、気がかりだった。

（…でももう、会うことはないだろうし）

きっと恭平は、柚希の名前も知らないまま帰ったのだろう。それに、自分のことを拒んでいたから、すぐに忘れるだろうと、柚希は思っていた。

それでよかった。互いに交わることがない境遇にいるわけだから、それが当たり前なのだ。ただ、日常に戻るだけだ。

病院の外に出ると、冷たい空気が肌に触れる。手に持っていたコートを着て、寒そうに体を縮こまらせた。コートのポケットに手を突っ込んで、タクシー乗り場に向かって歩き出す。

「……ちょっと！」

足早に歩いていると、うしろから声が聞こえた気がしたが、だれかに呼び止められる理由も思いつかなかったため、柚希はそのまま歩き続けた。

「ちょっと、アンタ…！」

だれかが目の前まで走ってきて、立ちふさがる。自分が呼ばれていたことにようやく気づき、柚希はおどろいて立ち止まった。そして、自分の前に立つ相手を見て、目を丸くする。

「……瀬谷くん？」

今朝いなくなったはずの恭平が、フードを深くかぶったまま、息を切らして柚希の前に立っていた。

「あれ…帰ったんじゃないの？　ご家族は？」

もう会うことがないだろうと思っていた矢先のことだった。なぜ、恭平がまだ病院にいたのかわからず、柚希は恭平に聞いた。

「……先に車で帰った」

うつむいたままつぶやいた恭平は、手に持っていた小さいビニール袋を、とつぜん柚希の前に突き出す。病院の中の売店で購入したものなのだろう。白いレジ袋には、柚希が昨日見たばかりのマークが印刷されていた。

「え…なに？」

恭平の行動の意味がわからず、恭平とレジ袋を交互に見つめる。それでも恭平は、強引に柚希に袋を押しつけてくるため、それを受け取ってしまう。

袋の中をなにげなしに見ると、売店で売られていたプリンやメロンパン、お茶のペットボトルなどが入っている。それを見ても、どうして恭平がこれを渡してきたのかわからなくて、また恭平を見つめた。

「…世話になったから。じゃあ…」

「えっ？」

短い言葉で告げて、恭平はうつむいたまま、すぐに柚希の側から離れて足早に帰ろうとした。逃げるようにその場を去ろうとする恭平の腕を、思わず摑んで引き止めてしまう。

「………」

柚希の手を振り払おうとせず、恭平は足を止めて柚希を見上げる。フードの下から見える緑の目は、おどろいたように見開かれていた。

「あ、ごめ…というか、それ言うために、ここで待ってたの…？」

「…………」

まさか、恭平がお礼を言うために待っていたとは思っていなかった柚希は、おどろきをかくせないまま聞いた。しかし、恭平はまたうつむいてしまう。

「ねぇ、ちょっと。……聞いてるの？　なんでわざわざお礼をしに来たのよ」

恭平は身動きもせず黙り、なにも答えようとしない。だんだんしびれを切らしてきた柚希は、恭平を自分のほうに向かせて、かぶっていたフードを取ってしまう。

「アンタねぇ、返事くらいしなさ…い、よ……？」

返事すらしようとしない恭平に説教をしてやろうと、柚希は少し背をかがめて恭平の両肩を摑んだ。

そして、恭平の顔をのぞき込んだ瞬間、固まる。

「……………！」

柚希と視線が合ったとたん、恭平はカーッと耳まで真っ赤にした。そして、不機嫌そうに顔を歪め、あわてて柚希を両手で突き飛ばす。

「…なんで赤くなってんのよ？」

初めて見る恭平の表情に、柚希はおどろいた。恭平にこんなふうに、顔を赤くされるとは思っていなかったからだ。

…まさか、と考えて、柚希は両手を頰にあてた。

「ま…まさか、あたしのこと好きになったんじゃ…」

「…！　ち、ちがう！　好きじゃない！」

嚙みつく勢いで否定される。しかし、ほかに理由が思いつかない柚希は、さらに恭平にしつこく聞いた。

「じゃあなによ。アンタ、ぜったいあたしのこと、嫌いだと思ってたのに。…あたしのこと、気持ち悪いって言ってたじゃない」

「ちが…っ…だれも気持ち悪いなんて、言ってないだろ⁉」

「え？　だってさわられるの、いやそうにしてたし…」

「あ…あれは……人にさわられるの、……苦手なんだよ」

また下を向いて、恭平は後ずさりをした。そういえばたしかに、恭平は柚希を、一言も『気持ち悪い』とは言っていなかった。

「じゃあ、なんでわざわざお礼しに待ってたのよ」

「…ま、待っててお礼したら悪いのかよ」

「悪くないけど…アンタの柄じゃないんじゃない？　ねぇ、なんでよ」

後ずさりする恭平の腕をまた摑んで、聞いた。いやそうに体を遠ざけて逃げようとするが、あまりにしつこく柚希が聞いてきたからか、ようやくあきらめて口を開いた。

「……目…」

「え？」

小さい声でぼそりとつぶやく言葉が聞こえなくて、聞き返した。すると、また顔を赤くして、恭平は柚希をにらみ上げた。

「…こんな目がキレイなんて、初めて言われて…、う…うれしかったんだよ…っ！」

勢いでそう言って、すぐに恭平は耳まで真っ赤になる。そして、摑まれていないほうの手でフードを摑んで、顔をかくすようにかぶった。

昨夜のことを思い出す。恭平の緑の目がとてもキレイで、思ったとおりに恭平に伝えた。不機嫌になった恭平に、怒らせてしまったんだと思っていたのに、どうやらそうではなかったみたいだ。

「え、えー……」

まさか、恭平にそう言われると思っていなかった柚希は、おどろいた表情のまま、恭平を見つめた。すると、恭平はフードから少しだけ顔を出して、柚希を見上げる。緑色の吊り目で柚希を見て、恭平は遠慮がちに話した。

「アンタだって…普段の嘘くさい仕草より、オカマのほうがずっと人間っぽくて、俺は好きだ」

昨夜、柚希が言っていたことを、恭平なりに気にしていたのだろうか。たどたどしく、ぶっきらぼうにそれだけ言って、照れくさくなったのか、言い終わるとまた下を向いてしまった。

「え……あ、…ありがとう…」

ドキッと、思わず心臓が高鳴る。恭平の照れが伝染してくるように、柚希まで照れて顔が熱くなってしまう。無言で顔を赤くして固まるふたり。その横を、高齢の女性がいぶかしげに見つめながら通り過ぎていく姿が視界に映った柚希は、ハッとして恭平の腕を離した。

「なに、しおらしいこと言ってんのよ！　昨日はあんな小生意気なクソガキだったのに！　…言っとくけどね、あたしを好きになったってダメだからね！　アンタみたいなクソガキより、年上で仕事ができて、包容力たっぷりの背が高い男が好みなの！　もう少し成長してから言ってよね！」

照れかくしで、両腕を組み早口で冗談を言うと、恭平が真っ赤な顔になって、柚希を勢いよく見上げた。

「だ…だれもアンタが、そういう意味で好きだなんて言ってねぇだろ…！」

唇を噛んで、そわそわしたように両肩に力を入れて否定する様子を見て、柚希はぽろりと言ってしまう。

「なに本気にしてんのよ？」

まさか、冗談を本気にするとは思っていなかった。なにげなく言った言葉に対して、恭平はまばたきをすると、すぐに言い訳を始める。

「や、ちが…ほ、本気になんて」

あまりのあわてぶりと、こういった話題に慣れていない様子に、柚希は感づいた。

「……アンタ、まさか…童貞？」

「…!!」

みるみるうちに真っ赤な顔を不機嫌そうに歪めて、吊り目で柚希をぎろりとにらみ、手で押し退《の》ける。そして、柚希が声をかけるヒマもなく、走ってその場を去っていってしまった。

恭平のうしろ姿を見ながら、柚希は確信した。

「あれは童貞ね、ぜったい」

思わず噴き出して、ひとりつぶやく。恭平の反応が可愛くて、こらえきれずに口に手をあてて、しばらくクスクスと笑ってしまった。

3.

ざわざわと騒がしい居酒屋で、となりに座る彼の声だけが、柚希の耳に届いていた。

「すみません、いつもはもう少ししずかなんですけど。週末だから、客が多いみたいですね」

そう言って、申し訳なさそうな笑顔を向けられて、柚希は心臓をぎゅっと摑まれた思いになる。が、なんでもないように笑顔を返して、持っていたビールジョッキをぐいっと喉に流し込んだ。

「いえ、大丈夫ですよ。俺、こういうにぎやかなところ、好きですから」

好きなのは店じゃない、あなたです部長…！　なんて、心の中でつぶやく。言えるはずもないセリフを、酔った勢いで口に出さないように、今日は飲みすぎないようにしようと心に決めた。

今日、柚希が中心となって進めていた大きなプロジェクトが、大成功を収めた。それで、部長がなじみの居酒屋に、お祝いにと連れてきてくれたのだ。先週から誘われていたこともあり、柚希はお気に入りのちょっと高めなスーツで、びしっと決めて挑《いど》んできた。初めてのデート…なんて、うきうきとしていたのだが。

「私も好きです！　橋本先輩、今度ふたりで来ましょうよ」

「あー、ふたりはだめでしょ！　先輩はみんなの先輩なんだから！」

柚希の横に座っていた部署の後輩女子たちが、ずいっと柚希の肩にくっついてきた。きゃっきゃと楽しそうに笑って、柚希が言いたい、そして言えないセリフをいとも簡単に口にする。可愛らしいふたりに、柚希は心の中でギリギリと歯ぎしりをした。

（……本当はあたしが、部長とふたりで来たかったのよ…！）

そう、今日はプロジェクトを一緒に進めてきた後輩も連れての祝勝会なのだ。

「橋本くんのチームは、いつも仲良しで微笑ましいですね」

メニューをのぞき込んで、楽しそうに会話する後輩たちを眺めながら、山吹がにこにことして頬杖をついた。

「そうですね…ふたりとも、いい子たちですから」

「きみもマジメで一生懸命だから、こういう子たちがついてきてくれるんじゃないかな？」

店員が持ってきた日本酒のグラスを、山吹がひょいと長い指で持って、喉を潤《うるお》す程度に口に含んだ。

強い酒ばかりを選んで飲むが、山吹が酔っている姿を見たことはない。きっと、酔わない程度に、ちゃんと計算して飲んでいるのだろう。そういった大人な飲み方にも、柚希はときめきをかくせず熱い視線を送ってしまう。その視線に気づいたのか否《いな》か、山吹が柚希のほうに視線を寄越した。あわててにこりと笑って、なんでもない顔でつまみに箸《はし》を伸ばした。

（…そういえばここ、こないだ瀬谷くんと会ったとこに近いよね）

ふと、病院での出来事を思い出した。おそらく、恭平は柚希の名前すら知らないだろうし、お互い連絡先を教え合ったわけではないから、もう会うことはないだろう。

（もう、体調は戻ったのかな。…たしか、十九歳だっけ…大学生か、フリーターかな？　それにしても、童貞って言われてあんなに真っ赤になるなんて、可愛かったなー）

耳まで真っ赤にして照れる恭平を思い出して、くすっと笑いをこぼしてしまう。すると、山吹が不思議そうに声をかけてきた。

「どうしたんです、楽しそうですね？」

「！　いや、なんでもないです！」

はっとして山吹のほうを向き、片手を振る。

（こないだ看病した、童貞くんのことを思い出してましたなんて言えない…！）

不自然な様子で、おろおろとつまみを急いで頬張る柚希を、楽しそうに眺めていた山吹が、持っていたグラスを置いた。そのグラスが空になっていることに気づき、柚希は近くのテーブルで皿を片付けている店員のうしろ姿に声をかけた。

「すみませーん！」

大きい声で呼ぶと、とつぜんその店員が、びくりと体を強張らせた。固まって動かなくなった店員を不思議がり、もう一度声をかけようとすると、柚希の横にいた後輩が席を立った。

「私、注文伝えてきますよ。…同じものでいいですか？」

「うん。ありがとう」

後輩は酔っぱらってさわぐ客をよけながら、先ほどの店員のほうに寄っていき、柚希たちが座っているテーブルを指さして、注文内容を伝えた。

するとようやく店員が柚希たちのほうを、少しだけ振り返る。

「……あ」

その顔を見て、柚希は危うく持っていたジョッキを、落としそうになった。

白のTシャツとジーンズ、店の質素なエプロンをして、タオルをかぶり派手な金色の髪をかくしているきゃしゃな青年に、柚希は見覚えがあった。

見覚えがあるなんてもんじゃない、ついさっきまで童貞くんなんて考えて、思い出し笑いをしていた相手——瀬谷恭平だった。

（まさかここで会うなんて…っ）

気まずそうに緑色の吊り目で柚希を見て、すぐに注文をした後輩に会釈をする。そして、恭平は店の奥のほうに足早に行ってしまった。その姿を見ながら身動きせずにいると、山吹が声をかけてきた。

「？　橋本くん？　具合悪いんですか？」

ハッとして我に返り、持っていたジョッキを置く。苦笑いをして、山吹に答える。

「あ、いえ、ちょっと考え事してて…あはは、すみません」

「そうですか？　それならいいけど…」

「それより部長、飲みましょう！　せっかくプロジェクトが成功した日なんですからね！」

わざと大げさに言って、ほかの店員が持ってきたジョッキとグラスを受け取り、山吹にグラスを手渡す。

せっかく、部長と居酒屋に来たのに、この機会を楽しまずに帰るのはもったいない。そう考えて、恭平のことは気になるものの、柚希は山吹との会話に集中することにした。

「…お待たせしました」

「わあ…！」

そう思っていたのに、追加の料理を持ってテーブルに来た恭平の姿を見て、柚希は声を上げてしまった。それと同時に、恭平まで目を見開いて、皿を持ったまま固まってしまう。

「？　どうしたんですか先輩？」

後輩たちは持っていた箸をそのままにして、柚希を見上げた。柚希は咳払《せきばら》いをして、すぐに笑顔を後輩たちに向けた。

「あ、はは、それ、俺すっごく食べたいと思ってたものだから。もらってもいい？」

「え、そうなんですか？　どうぞどうぞ」

恭平から皿を受け取って、自分の前に並べる。恭平は気まずそうに柚希から視線をそらすと、会釈してそのままべつの客の注文を取りに行った。何事もなかったように取り繕《つくろ》えたものの、やはり恭平が気になって仕方ない柚希は、彼が近くを通るたび、目でその姿を追ってしまう。

具合はよくなったのかな、ここで働いていたから、あんな時間にあそこを歩いていたのね。未成年なのに、居酒屋で働いていいのかしら、なんて、ちらちらと恭平に視線を送りながら、柚希は皿に載った漬物ばかりを箸でつまんでいた。

(…そういえばこないだの真っ赤な顔、ほんと可愛かったわね。じゃないと小生意気なガキなのに…)

つい恭平のことばかりが脳裏に浮かんで、漬物を食べながら、ちらりと恭平を見やった。ほかの客のテーブルに、ジョッキを置く恭平のうしろ姿が見える。空のジョッキを受け取り、店の奥に行こうとしたところで、恭平も柚希に視線を寄越した。瞬間、目が合ってしまう。

「ぶ、部長って、どんな子が好みなんですか?」

不自然に視線をそらして、柚希は後輩と会話をしていた山吹に、勢いよく話しかけた。気になって仕方ない恭平から、自分の意識をそらそうとしたためだったが、質問の内容が悪かった。唐突《とうとつ》すぎるし、男の自分がする質問ではない。しかも、女の子がいる前で。

(……あたしのばか――――…ッ!)

脳内で頭を抱えて悶絶《もんぜつ》するものの、それを表に出すことも、今さらなかったことにすることもできず、持っていたジョッキにヒビが入りそうなくらい、指に力を込める。

「好み? そうだなあ…んー…、仕事に一生懸命で、素直な子ですね。あと、食べ物を美味《おい》しそうに食べてくれると、デートがとても楽しそうです」

　山吹はその質問の真意にも気づかずに、自然に柚希に答える。それを聞いて、きゃあきゃあと後輩たちが楽しげに話し始めた。

「えっ！　けっこう具体的ってことは…好きな子いるんじゃないですか!?」

「いやいや、どうでしょうね」

　ふふ、と微笑んで柚希を見る山吹に、まばたきをして体を強張らせる。とたん、妄想が脳内を支配して、カーッと顔が赤くなる。

　ちょ、こっちを見てるってことは、待って、たしかにあたしは好き嫌いないし、こないだ部長と食堂の席がとなりになって、プリンとか美味しそうに食べてたと思うし、もしかしてもしかして…！

「…橋本先輩？」

　後輩の女の子の声で、ハッとする。思わず、頬に両手をあてるという仕草をしていたことに気づき、すぐに手をビールの入ったジョッキに持っていった。後輩は、きょとんとした顔で柚希を見ている。内心冷や汗をかきながら、なんでもなかったかのようにジョッキに口をつけた。

「急に黙っちゃって、どうしたんですか？」

　柚希の仕草については、特に不審には思わなかったようだ。後輩は何度かまばたきをして、柚希に聞いた。

「いや、ちょっと暑くてぼーっとしてただけだよ」

いつもの笑顔で言い訳をすると、後輩はその言葉を信じてくれたようだった。

「先輩、けっこう飲みましたもんね。ちょっと休んだほうがいいですよ」

「…ん、そうする」

後輩にそう言われて、ジョッキをテーブルに置いた。山吹や後輩たちがまた話し始めている様子を眺めながら、こっそりと安堵《あんど》のため息をつく。


閉店の時間になり、解散することにした。ほかの客も同じく、まばらに帰宅しており、店の前の道路にはタクシーを待つ客が何人か並んでいた。自宅が近い柚希は、徒歩で帰ることにしたが、山吹や後輩を置いて先に帰るのは申し訳ない。山吹たちに遠慮されたものの、『少し酔いを醒ましたいから』と理由をつけて、タクシーを待っていた。

「じゃあ、お疲れ様。今度、また飲みに行きましょう」

ようやく来たタクシーに乗り込んだ山吹が、ドアが閉まる前に柚希に向かって声をかけた。後輩たちは先に来たタクシーに乗せて帰しておいたため、それが自分ひとりに対して言った言葉だとわかった柚希は、うれしくて笑った。

「…はい！　ぜひ誘ってください、部長」

山吹も笑顔で手を振ると、タクシーのドアが閉められた。ゆっくりと離れていくタクシーを見送りながら、持っていたコートをぎゅうっと抱き締めるように、両手で握った。

（はあぁ…社交辞令だとしてもうれしい…！）

頬を染めて、熱のこもった息をついてしまう。その様は、まるで乙女。人がほとんどいない居酒屋前で、柚希はかくしきれない喜びを噛みしめていた。

「…ちょっと、…橋本さん」

「きゃあ!?」

とつぜん背後から呼びかけられて、柚希はつい、高い声で叫んでしまう。おどろいて両手で口をかくして振り返ると、店の入り口で、ドアに背をもたせかけながら立つ恭平の姿が目に入った。店内とちがって、外はとても寒いため、恭平はカーディガンを羽織っていた。柚希と目が合うと、柚希のほうに近寄ってきた。

「瀬谷くんじゃない…ほんと偶然ね。…あたしの名前、なんで知ってるの？」

いそいそと抱き締めていたコートを着込みながら、柚希は、周囲に人がいないことを確認する。そして、こそこそと恭平に話しかけた。

「…注文したとき、同席してた女の人が呼んでたから…それより、これ、忘れてる」

視線を外した恭平が、花柄のハンカチを差し出してきた。おそらく後輩が忘れていったものだろう。

柚希が受け取ると、恭平はすぐに店に戻ろうとした。

「あ、ねぇねぇ」

久々に会えた恭平ともう少し話がしたくて、思わず呼び止めてしまう。振り返って、自分を見上げる恭平に手招きして、店の前のガードレールに腰かける。

「…なに？」

「ちょっと、お話ししましょうよ。閉店したんだから、いいでしょ？」

機嫌よさそうに笑う柚希を、恭平は振り返った体勢のままいぶかしげに見る。

「…酔ってるだろ、橋本さん」

「酔ってないわよお！　いいから来なさい、じゃないと童貞なのバラすわよ」

「ちょっ…！」

頬を赤くして、怒ったような顔をしたものの、恭平はなにも言わずにおずおずと近寄り、柚希のとなりに座る。となりといっても、少し距離がある場所に座ったため、柚希は恭平に近寄って座り直した。

「……！」

すると、恭平は緊張したように体を強張らせてしまった。しかし、避けようとはしない。そのことに気分をよくした柚希は、うれしそうに笑った。

「まさか、ここで働いているなんて。アンタ、ちゃんと酔っぱらい撃退できんの？　こないだみたいに絡まれて、怯えてんじゃないの？」

「怯えてない…！　…あのときは、ちょっと体調悪かったから…」

「ふーん…体調はもういいの？　…というか、瀬谷くんって十九歳でしょ。未成年なのにこんなところで働いていていいの…？」

「……そう、だけど俺、ちゃんと店長には歳のこと、伝えてるし」

歯切れは悪いが、その答えにしぶしぶ納得した柚希はつぶやく。

「まあ、高校生じゃないならね。未成年でもお酒飲まなきゃいいわけだし」

その言葉を聞いたとたんに、恭平はぎくりと固まってしまう。それを見た柚希は、みるみるうちに表情が変わり、勢いよく立ち上がった。

「まさか、まだ高校生!?」

大きな声で言うと、恭平もあわてて立ち上がり、両手を伸ばして柚希の口をふさいだ。周囲にはまだ、居酒屋の客が何人かタクシーを待っている。話している内容は聞こえていないが、柚希の声におどろいて、柚希たちのほうに視線を向ける人もいた。

「アンタうるさい…！」

「…うるさいじゃないわよ！　高校生で、居酒屋のバイトなんてダメに決まってるじゃない…！　高校生だってこと、店長には言ってないんでしょ!?」

恭平の手を摑んで口から離して、眉をひそめる。高校生であることを伝えずにバイトしていることを知って、柚希は小さい声で恭平に注意をした。まさか、年齢も偽《いつわ》っているのでは…と考え、疑わしげに恭平をにらむ。それに気づいたのか、恭平も仕方なそうに答えた。

「…歳はほんとに十九歳だよ…ただ、…出席日数が足りなくて、卒業できなかっただけで…」

「留年してんの!?　それこそバイトしてるヒマないでしょ、ちゃんと学校行きなさいよ！」

恭平の手を摑んだまま、柚希は抑《おさ》えきれずに大きな声で注意をしてしまう。

そんな状態で恭平がバイトをしていることを、あの親族は知っているのだろうか。知っているにしても、ちゃんと怒らないから恭平はバイトを辞めずに続けているのではないだろうか。悪いことは悪いこととして、教える人がいなければならない。柚希は、恭平に説教を始めてしまった。

「アンタには関係ないだろ、ほっとけよ」

最初は受け流しながら聞いていた恭平だったが、徐々に表情を曇らせた。いやそうに手を振り払って、柚希をにらむ。

「ほっとけないわよ！　アンタねぇ、高校くらいはちゃんと出なさい！　じゃないと、立派な大人にはなれないわよ!?」

恭平がにらんでも一歩も引かず、柚希は説教を続ける。ついに恭平は耳をふさいで、顔をそらしてしまった。

「こら、なに聞こえないふりしてんのよ! まったく…そんなんじゃ、立派な大人にもいい男にもなれないわよ、アンタ。山吹部長とは大違いね」

つい、先ほどまで一緒にいた部長のことを口に出してしまい、あわてて口をつぐんだ。すると、ちらりと柚希に視線を寄越して、恭平は耳から手を離した。

「…アンタの好みの人って、あの人だろ。山吹さん」

「え!?」

恭平の口から出たその名前に、柚希は恭平をまじまじと見つめた。

「あの人、よくうちに通ってて店長と仲いいから、うちの店員はみんな知ってる」

「…そ、そうなの」

そう言ったきり、互いに無言になってしまう。それに耐えきれず、柚希はあきらめたように力を抜いて、またガードレールに座った。

「そ…そうよ、好きなのよ、悪い? でもべつに、どうにかなろうなんて考えてないわよ。あたしみたいなのは、行動したって不毛なだけなんだから。そんなの、あたしが一番わかっているのよ」

早口でそう言ってから、徐々に不安がつのっていった。そんなにわかりやすい態度で、山吹に接してしまっていたのだろうか。自分なりに頑張ってかくしていたのに、こんな年下の、しかも子どもにもわかってしまうくらい、わかりやすい態度を取っていたのであれば、同席していた後輩や、山吹本人にまでバレていたのではないだろうか。

「…なんで不毛なんだよ。あの人、アンタと楽しそうに話してたけど…」

悶々《もんもん》と考えていると、恭平がようやく口を開いた。

「職場で、しかも男同士なんて、不毛以外のなにものでもないわ。それとも、あたしのどこが女に見えるっていうの？　さわってみる？」

冗談めかして笑って、胸を指さした。高い身長に、部活で鍛えて立派になってしまった筋肉。優男《やさおとこ》ふうの整った顔も、低い声も、どれも本当は欲しくないものばかりだった。

どんなに胸が小さくても、顔がブサイクでも、女性でさえあれば、努力次第で、可能性はゼロじゃない。でも、男というだけで、どんなに努力をしたって、不可能を可能に変えることはできないということを、柚希は今までにいやというほど思い知らされてきた。

「ま、いいのよ。あたしは、あたしを好きになってくれる可能性がある人を探すから」

恭平に気を遣《つか》わせないように、柚希は恭平を見下ろしてにこにこと笑った。しかし、恭平はなにか言いたげに黙ってしまう。

「なによ、もしかして協力してくれるって言うの？」

沈黙されてしまい、気まずくなった雰囲気を変えたくて、柚希は冗談めかしてそう言った。

すると、恭平はなにも言わずに、ポケットに手を突っ込んだまま柚希の横に座る。そして、小さくうなずいた。

「……え⁉」

まさか、恭平がうなずくとは思っていなかった。おどろいて大きな声を出してしまうと、恭平は視線を合わせずに、ぼそぼそと声を出した。

「…この間のお礼、ちゃんとなにか、したかったし…あの人、うちの店によく来て、店長といろいろ話しているから…それを教えるくらいならできるし。教えられるところまでだけど」

「え…本気なの？　だって、あたし男なのよ？」

信じられなくて、恭平に何度も聞いた。すると、恭平はようやく顔を上げて、柚希をまっすぐ見た。

緑色の目に見つめられ、緊張でドキリと心臓が高鳴る。

「好きなものを我慢するなんて、アンタらしくないだろ」

不器用だが、それでも本心からなのだろう。恭平は柚希にそう伝えた。

自分すらあきらめていたことだったのに、恭平は笑わずに聞いてくれて、そして応援してくれるというのだ。恭平の気持ちがとてもうれしくて、柚希は表情を明るくした。

「瀬谷くん…っ！」

「わっ……!?」

気持ちの昂《たかぶ》りを我慢できずに、恭平の体を両手で引っ張って、抱き締めた。きゃしゃな体は、抱き締めるとちょうどいい大きさだった。ぎゅうっと強く抱くと、恭平は柚希の体を両手で押して離れようとする。

「ちょ、橋本さんっ」

「もう！　瀬谷くん可愛い！　瀬谷くんが年上で包容力たっぷりでもうちょっと背が高かったら、抱かれてあげてもいいのに！」

「い…いい！　いらない！　は、放せって…！」

真っ赤になって柚希から離れようとする恭平に気づかずに、柚希は恭平を強い力で抱き締め続けた。タクシーを待つ人たちが、なんだろうという顔でふたりを見つめている。その視線に気づいた恭平は、さらに顔を赤くして、じたばたと暴れた。

本当は、そろそろ潮時だと思っていた。このまま好きでい続けて、山吹に恋人の存在が見えてしまったときのことを考えたら、怖くて仕方なかったからだ。

それでも恭平が、こうやって協力してくれると言ってくれたから、もう一度、頑張ってみようかなと、柚希は考えていた。なにより、恭平の気持ちがうれしくて、柚希はあきらめずに告白することを

決意したのだ。

『え…レストランに？』

あれから数日、柚希はスマホを見る回数が増えた。あの日、さっそく恭平とアドレスを交換して、メールや電話でたくさんのことを話した。山吹が好きなお酒、よくする話、毎週決まって来る曜日。山吹のことを通じて、恭平と話す時間がとても楽しくて、柚希はヒマさえあればスマホをチェックして、恭平からの返事が来ていないか確認するようになっていた。

「そうそう、レストラン！　この間、瀬谷くんが教えてくれたじゃない。部長が気に入ってるらしいレストラン！」

仕事が終わり、自宅でシャワーを浴びたあと、思い立って恭平に電話をかけた。ちょうどバイトがない日だったという恭平は、すぐに電話に出てくれた。濡れた髪をタオルで拭きながら、ご機嫌でスマホを片手に、ソファに座る。

「やっぱり、ちゃんとリサーチしておきたいじゃない。どんな雰囲気のお店なのかなーとか、味とか。一緒に行こうよ！」

先日恭平から、山吹が気に入っているレストランの名前を聞いていた。それは美味しいと評判のレストランであったが、柚希はまだ行ったことがない。恭平とまた会って話がしたいと思っていた柚希は、リサーチがてら恭平を食事に誘ったのだ。

しかし、恭平はあまり乗り気ではないようで、ためらうように無言になった。

『…俺はちょっと…。…ほかの人、誘って行ってよ』

「誘える相手なんていないわよ。いいじゃない、ちゃんとおごるから！」

『……いい。俺は行かないから』

ぶっきらぼうに言うと、恭平はすぐに電話を切ってしまう。あれ、と思いながら、柚希もスマホの電源ボタンを押して、ソファの上にそれを置いた。

実はちょっと前にも、柚希は恭平と買い物に行こうと、誘ったことがある。電話やメールでなら、言葉が少ないながらもいろいろと話してくれる。しかし、買い物に誘ったときも今と同じように、会おうとするといやがって、電話を切ってしまうのだ。

（…そういえば今週の金曜日、バイトが早番って言ってたわね）

ふと思い出して、柚希はなにかを思いついたようににやりとして、またスマホを拾い上げた。

こぢんまりとした、レトロな雰囲気を醸し出すレストラン。その奥のテーブルで、運ばれてきたローストビーフを前にして、柚希は頬を染めて両手を合わせた。

「さすが、部長が好きって言っていただけある店、…だね。瀬谷くん」

つい、いつもの女口調で感嘆《かんたん》をもらしそうになり、すぐに男性の口調で言い換《か》えた。それを、向かいに座っている恭平が、ぎろりとにらむ。

「……………」

「な…なによ、さすがにこんな店にひとりじゃ来られなかったから、仕方ないじゃない」

その視線に引きそうになりながら、こっそりと恭平に言い訳をした。

どうしてもレストランに行きたかった柚希は、金曜日に居酒屋前で待ち伏せをして、バイト上がりの恭平をつかまえた。そして、このレストランにドレスコードがあることを調べていたため、恭平にプレゼントするつもりで事前に購入していた、恭平のサイズに合った黒いスーツやワイシャツ、靴を押しつけ、近所のコンビニのトイレで着替えさせた。そして、ようやくあきらめて大人しくなったところをタクシーに乗せて、引っ張るようにしてレストランに入店したのだ。強引すぎる柚希の行動に、恭平は終始不機嫌なようだった。

（…部長が好きだっていうレストランに、来たかっただけじゃないんだけど…それを言ったら、また

不機嫌になるだろうしな）

　本当は、電話やメールじゃなく、また恭平と直接会って、話したいと思っていた。それくらい、恭平と話す時間はとても居心地がいいものだったからだ。しかし、何度誘っても断られたため、こんな強引な手段に出てしまった。じっとうつむいて、スプーンでスープをすくう恭平を見て、悪いことをしたかと、反省したようにしゅんと表情を曇らせた。

「…俺、やっぱり帰る」

「え!?　ちょっと待って！」

　唇を噛んで、スプーンを置いて立ち上がろうとする恭平を、柚希も立ち上がって止めた。なだめるように両肩を押さえて、椅子に座らせる。

「せっかく食事に来たんだから、せめて食べてから帰りなさいよ。ほら、これとかすごく美味しいよ」

　焦りながらそう言って、フォークでローストビーフを取り、口に入れる。じんわりとソースが絡んだ肉の味が広がって、柚希はみるみるうちに頬を染めた。

「っん〜〜…！　美味しい…さすが部長、いいとこ知ってる…！　ほら、瀬谷くんも！」

　周りに花が飛ぶ勢いで、表情をゆるませた。恭平と一緒だからか気までゆるみ、女口調になりそうなのを必死にこらえる。そして、にこにこしながらフォークで取ったローストビーフを恭平に差し出した。大きな声でさわいだために、注目されてしまったのだろう、周りで食事をしていた数名のカップルが、その様子を見てクスクスと笑っている。

「……っ」

その笑い声に気づいた恭平が、カッと顔を赤くした。すぐにうつむいて、肩を強張らせてフォークを持ち、自分の皿にあったローストビーフを取る。

「い、いい…自分のがあるから」

「？　そお？」

周囲を気にするように、柚希と目を合わせずうつむいて食べ始める。とりあえず、恭平が考え直して店に留まったことに安心して、柚希もまた食事を再開した。

「あつっ…」

とつぜん、恭平が小さく声を上げた。顔を上げると、テーブルにこぼれたスープと、左手をぎゅっと握って眉をしかめている恭平が見えた。左手の指が、少しだけ赤くなっている。

「大丈夫？　ちょっと見せて」

立ち上がって恭平のほうに近づき、左手を引いて指を確認する。赤くなった部分がとても痛ましい。

そのまま恭平の腕を優しく引いて、椅子から立たせる。

「早く冷やさないと、痕《あと》が残るから。ほら、行くよ」

「っ…いい、こんなのすぐに治るし…」

恭平はいやがって、掴まれている腕を引いて椅子に座ろうとする。

「いいわけないでしょ。来なさい」

かたくなに拒む様子に、柚希はぴしゃりと言い放ち、恭平の腕を強引に引っ張ってトイレに向かう。

トイレにつくと、恭平はすぐに手を振り払った。そして、数歩後ずさりをして、柚希から離れる。

「…冷やすくらい、ひとりでできるから」

恭平は柚希に背を向けて、トイレの手洗い台の蛇口《じゃぐち》をひねる。水が流れる音が聞こえてきて、そこに手を浸して指を冷やす。

「……大丈夫よ。そんなに警戒しなくてもあたし、恭平にヘンなことしようなんて考えていないわよ」

「え？」

あまりに恭平の態度がそっけなくて、我慢できずに言ってしまう。

どうして恭平が、自分と会おうとしないのか、理由はこれしかないと思った。オカマで、男が好きで。周りから、そんな自分と同じように見られるのがいやで、恭平は外で会うのを避けようとしていたんじゃないだろうか。そういうふうに思われることは慣れている。それでも、恭平から直接その理由を言われることは、やはり怖い。

「あたしのこと、いやなんでしょ？　わかってるわよ。…それでも協力してくれるって言ってくれたから、それがうれしくて構っちゃうだけで…」

知らないふりをするのが大人なのだろう。しかし、協力すると言われたのがうれしかった分、余計に恭平のこれまでの態度がショックだったことをかくしきれない柚希は、つい言ってしまった。

さみしそうに笑って、柚希は恭平に背を向ける。

「もう構わないから、しっかり指冷やしなさいよ。先に行ってるね」

そのとおりだと言われるのも怖かったし、気を遣って目をそらされるのも耐えられなかった。柚希は恭平を振り返らないまま、トイレから出ていこうとして歩き出す。

「…ちがう！」

必死に叫ぶ声に、柚希は思わず立ち止まる。おどろいて振り返ると、恭平は焦ったような顔をして、柚希をまっすぐ見ていた。しかし、目が合ったとたん、視線を泳がせて言葉を探すように言いよどむ。

「……っ…」

緊張で、肩が強張っているのがわかる。ためらいながら、恭平は口を開いた。

「あ…アンタのそういうとこ、……苦手なんだよ」

「……そういうとこ？」

「…だから！　……だれかに看病してもらうとか…心配されるとか、慣れてないんだよ…っ」

ためらいがちにそう言って、恭平は目をそらしてしまった。恭平の言っている意味がわからず、柚希は眉をひそめた。

「なに言ってんのよ、病気のときはアンタの家族だって、心配して…」

そこまで言って、柚希は思い出す。病院で聞いた、恭平の境遇。親族の態度。人と関わることを、極端にいやがる恭平。

恭平にだって、自分と同じように、触れられたくない部分はある。無神経に、その部分に触れてしまったことを後悔して、なにも言えずに黙っていると、恭平はそれに気づいたのか、柚希を見上げた。

「…橋本さん、こないだ病院で、伯父さんに会ったんだろ」

「……うん」

「…なら、わかるだろ。心配なんてされたこと、ないんだよ」

とくべつ、そのことを気にしている様子は見えない。それでも、恭平は柚希に気を遣われたくなくて、なんでもないような顔をしているようにも見えた。

「だから……アンタのそういうところ、苦手なんだよ。俺のことなんか、ほっといていいから。こんなん、すぐなんとかなるし…」

金色の髪や、緑色の目。父親が残していったものを嫌い、醜《みにく》いものだと思っていたからこそ、それをかくすように生きてきたのだろう。だれかと関わる方法も教えられず、知ろうともせずに、うつむくことに慣れて、ひとりでいようとする。

「………」

柚希から視線をそらし、恭平はなにも言わずに、その場を去ろうとした。

きっと、だれかに心配されることに慣れていなくて、だからこそ柚希の看病も手当ても、素直に受け入れられないのだろう。直接会って関わることすらも、恭平にとっては慣れないことなのだ。恭平の背中を見つめていると、ぎゅうっと心臓が苦しくなる。

…安心させてあげたい。守ってあげたい。そんな、衝動的な感情が、柚希の中でわきあがった。

「…待って！」

恭平を呼び止めて、その腕を摑んだ。いつかと同じようにその腕を引っ張って、うしろから抱き締める。きゃしゃな体はやはり柚希が抱くと小さくて、それがさらに、柚希の心臓を締めつける。

「――…!?」

恭平は体を強張らせて、それでも柚希を押し返そうとはしなかった。おどろきのほうが大きいのだろう、固まって動かない。その体を、さらに強い力で抱き締めた。

「…じゃあ、慣れなさいよ」

「え…？」

「だから！　あたし、瀬谷くんが心配なのよ。だからちょっかいも出すしおせっかいもやくし、看病も手当てもする。あたしのために、いやいや言いながらもレストランでご飯食べてくれた瀬谷くんにお礼がしたいから、また食事に誘う」

強がるくせに、素直で怖がりで。柚希のことを、なんでもないことのように受け入れてくれる器の大きいところもあって。

そんな恭平を守ってあげたい。ちゃんと、大事にしてあげたい——いつの間にか、そんなことを思うようになっていた。

「い…いい、そんなこと…」

「なに言ってんのよ、あたしが好きでやるんだから。ほら、我慢するの、あたしらしくないって瀬谷くんが言ったんじゃない」

ようやく抱き締めていた腕をほどくと、恭平はおずおずと柚希のほうを振り返った。柚希の言葉を聞いて、照れているのか眉をひそめた。

「……ほんと強引だな、橋本さんって」

そう言って、少しうれしそうに、恭平ははにかんで笑った。

「……！」

初めて見る恭平の笑顔に、柚希は無言になってしまう。

「……？　どうしたんだよ？」

恭平は柚希を見上げ、ぶっきらぼうに聞いた。

「な、…なんでもない」

ハッとして恭平から離れて、背中を向ける。柚希は、ぐっとスーツの胸の辺りを掴んで、抑えようとした。手を伝わってくる、自分の高鳴る鼓動《こどう》を。

（あたしが好きなのは部長で、これはただ、ちょっと瀬谷くんが可愛いから…母性愛なのよ…！）

そのあと、柚希はおさまらない胸の高鳴りに、同じ言い訳を心の中で繰り返してしまった。

4.

せっかく山吹に誘われたというのに、柚希は気分が乗らなかった。

「橋本くん？」

山吹の声が聞こえて、柚希は持っていた箸を落としてしまう。週初めだからか、客がまばらな居酒屋のカウンター席で、箸が落ちる音が響いた。

「あ、すみません…！」

自分がぼんやりしていたことに気がついて、あわてて箸を拾って山吹に謝った。すると、山吹はおだやかに笑って、手を上げて店員を呼んだ。

「いやいや、いいんですよ。それよりどうかしました？　もし体調悪かったら、べつの日にでも…」

「いえ、大丈夫です…！」

今日、初めて山吹から、ふたりで飲みに誘われた。『たまには男同士でゆっくり飲みたいですね』なんて言われて舞い上がって、ついていった先は、山吹が行きつけの居酒屋——恭平が働いている店だった。今日はバイトは休みだと聞いていたにもかかわらず、つい店内に恭平の姿を探してしまい、ぼんやりしていたのだ。せっかく誘われたというのに、ここで帰るなんてことはできない。自分がぼんやりしていた理由を悟られたくなくて、柚希は力強く片手を振って、なんでもないことをアピールした。

「…お待たせしました」

背後から聞こえた声がだれのものか、柚希はすぐにわかって、少しだけ肩を揺らした。

「ああ、ありがとう瀬谷くん。今日は店長、いないんですね」

恭平から新しい箸を受け取り、山吹はにこにこと恭平に声をかけた。たしか、今日はバイトの日じゃないと言っていた気がするのに、どうして恭平がここにいるんだろう。そう思いながら、こっそりと恭平を見やると、目が合う。どうやら恭平も、柚希のほうを見ていたらしい。

「…今日は急用らしくて、…代わりに自分が出たんです」

山吹に返した言葉で、恭平がここにいる理由がわかる。山吹に言ったはずなのに、自分に言われているようで、柚希は気まずくてすぐに視線をそらした。

（…だめだめだめ…なんでこんな…！）

山吹や自分にぺこりと頭を下げて、厨房《ちゅうぼう》に戻る恭平のうしろ姿から目が離せない。

レストランの一件以来、変に恭平が気になってしまい、自分から連絡を取らないようにしていた。

それなのに、電話やメールが来ると、恭平からなんじゃないかと思ってすぐに反応してしまう。

またしても恭平のことばかり考えそうになり、柚希は自分のグラスに入った焼酎《しょうちゅう》をぐいっと勢いよく飲んでしまう。酒に弱いため、普段はビールしか飲まないようにしていたが、今日は早く酔ってしまいたくて、さらに焼酎を頼んだのだ。

「は…橋本くん。そんなに一気に飲んだら、すぐに酔いが回ってしまいますよ…？」

心配そうに自分を見る山吹をよそに、柚希はグラスをテーブルに置いて、店員を呼んだ。

「大丈夫です！」

…とても大丈夫そうには見えないけれど。そんなことを言いたげに山吹が柚希を見ていたが、柚希は気づかずに、次々と酒を注文した。

「ほら、橋本くん…一気に飲むのは危険だって言ったじゃないですか」

テーブルに突っ伏していると、背中を山吹にさすられた。心配そうに声をかけられて、柚希はゆっくりと体を起こす。思惑どおり…いや、それ以上に、すっかり酔いが回ってしまい、据わった目で山吹を見た。

「んー……そんなに飲んでないです、よー…」

悩ましげなうなり声を上げ、にへっと笑う。素の自分が出始めていることに、気づいていない。

「もうそろそろ帰りましょうか？」

これ以上飲んだら危ないと判断した山吹が、会計をするために店員に手を振ろうとした。しかし、その手を柚希が掴んで制止する。

「まだ大丈夫ですよー…」

「大丈夫そうに見えませんって、橋本くん…いやいや、申し訳ないことしてしまったな。週末に誘えばよかったですね」

山吹は困ったように笑って、手を下ろした。普段、酔っぱらう姿を見せたことがない柚希が、すっかり悪酔いしているためか、山吹は心配そうに声をかけてくる。

「なにか、困っていることでもあるんじゃないですか？　こんなに酔うほど飲むなんて…橋本くんらしくもない」

自分らしくない。そのとおりだと、柚希は思った。

どうしてこんなに、自暴自棄《じぼうじき》な行動に出てしまったんだろう。どうして、せっかく山吹に誘われたのに、…素直に喜べないんだろう。

「…大丈夫ですか」

背後から声が聞こえて、振り向く前に腕を引っ張られた。そのまま立ち上がると、腕を引っ張った相手——恭平と目が合った。

「ちょっと、夜風にあたったほうがいいですよ」

ぶっきらぼうに言って、恭平は山吹に視線を移した。

「ああ瀬谷くん、僕が行きますよ」

「いえ、今ちょうど、手が空いてますから」

そう言って、山吹の返事も待たずに柚希の腕を引き自分の体に寄りかからせて、背中に手を回した。柚希よりも小さい体なのに、恭平は重そうな様子も見せず、慣れたように柚希を店の外に連れていった。

春が近いというのに、まだ夜は寒い。冷たい風にあたって、柚希は大きく息を吸い込んだ。冷えた空気が、とても心地いい。

「ふふー…ありがとう、瀬谷くんー…」

にへっと笑って恭平に声をかけた。すると恭平は、呆れたように軽くため息をついた。

「アンタ…顔がいつもの顔になってたぞ」

「いつもの？」

「素だよ！　あの部長の前では、素を出せないって言ってたじゃねぇか…」

どうやら、仮面として使っている男らしい自分ではなく、素の女性らしい仕草や表情が、ところ出ていたらしい。かなり気をつけていたつもりだったが、酔って思考力が低下していたからだろうか。それを助けて、酔いを醒ますために、外に連れてきてくれた恭平の行動がうれしい。ちょっと気まずくなっていた気持ちも、酔って忘れていて、思わず恭平に体を寄せた。

「うふふ、今日、部長に誘われてねー…あのねぇ、ほんっと素敵なのよ…！　かっこいいし仕事できるし、器でかいし、なにより笑顔がいいのよお」

「あー…はいはい…」

「ちょっと…聞いてんの瀬谷くん!?」

肩に腕を回して、体を寄りかからせて恭平の耳元で、山吹の話をし続けた。恭平は柚希の話を聞き流しながらも、柚希を居酒屋の裏まで連れていき、置かれていたビール瓶を運ぶ箱の上に座らせる。

「…瀬谷くーん…」

「はいはい、部長は素敵ですねー」

「瀬谷くんも素敵よお！　あたし、ほんと感謝してるんだからねー…」

呆れたように、恭平は適当に返事をする。アルコールが脳内に浸透して、徐々に眠くなっていた。うつらうつらと体を揺らしながら、柚希は自分の目の前に立っている恭平の腰を、ぎゅうっと両手で抱く。

「…！」

「瀬谷くん…、ありがと…協力するって言ってくれて」

囁《ささや》くような、小さな声で話し始めると、柚希は顔をほころばせて笑う。また冷たい風が吹き、体温を奪われる。抱いている恭平の体が温かくて、柚希は心地いい感覚で幸せな気分になる。

「…あたし、昔さー…大失敗してから、頑張るのやめてたんだよね…」

酔いが回って、思考力が鈍《にぶ》っていた。柚希は、高校時代のことを思い出し、恭平にそのころの思いを話し始めた。

「あたしだって昔は…男になろうって、頑張ってたのよ。男らしい口調で、部活動も頑張って、可愛い女の子とデートして……ほんとは女装が好きで、自分の部屋の引き出しの中に、憧れだった可愛い女性物の私服をかくしていたくせにね」

厳しい親にしつけられ、自分に内在する心をかくして、柚希は生きてきた。それがいけないことだとわかっていたからこそ、あえて男らしい自分になろうと、女性物の私服が入った引き出しに鍵をかけて、男らしい自分になるように努力した。

結果、外見だけが男らしくなっていき、本来の自分との差が広がっただけだった。差が広がるたびに苦しくて仕方なくて、自分の気持ちを抑え込むようになっていた。

「あたしさー…学生のころ、好きな人いてね」

だれにも言ったことがない、思い出したくもない昔の話だった。言えるような人なんていなかったのに、恭平にだったら、話してもいいかなと思えた。それくらい、恭平のことを信頼していたし、自分のことを知ってほしいと思った。柚希は酔って視界が歪む中、恭平の腰を抱き締めたまま、言葉を紡《つむ》ぐ。恭平はしずかに、その話を聞いていた。

「大好きで大好きで、でも自分も相手も男でね。幼馴染《おさななじ》みでなんでも言えた仲なのに、自分の性癖と、好きだよってことだけはずっと言えなかった。でも、…どうしても好きで仕方なくて、告白したんだ。本当のあたしを見てもらいたくて、…もう社会人になって家を出ていた姉の部屋からこっそり借りた、自分の体より小さめなセーラー服を着てさ…ほんと、冷静になって考えたら滑稽《こっけい》な図だけどね」

それでも当時の自分は本気で、相手を信じていたからこそ、できたことだった。思いを受け止めてくれなくても、自分の気持ちを知ってもらうだけで、それだけでよかった。友達のままではいられなくて、学生時代の柚希は、そうして行動に出た。

「でも、大失敗。『気持ち悪い』なんて言われて、次の日学校行ったら、ほかの同級生や後輩からもばかにされて笑われてねー…、告白した子が周りに言いふらしてたのよ。それから高校卒業するまで、ずっとひとりぼっちだったなあ」

あはは、なんて笑いながらも、柚希は当時の自分を思い出して、心臓が締めつけられるような苦しい感覚を覚えた。

『気持ち悪い』と言われたその言葉が、いまだに心から消えない。だからこそ、今までずっと、自分をかくして生きてきた。また同じ思いをしたくなくて——。

「…今も着たいのか？　セーラー服」

「え？」

思ってもいなかったことを聞かれ、柚希は恭平を見上げる。いつもの、ちょっと目つきが悪い猫目を丸くして、恭平は何度かまばたきをした。…返事を待っている。

「ま…まあね。だって可愛いじゃない。似合わないのはわかるけど」

まさか、そんなことを聞かれるとは思わずに、困ったように笑った。すると、恭平はこくりとうなずく。

「そうだよな、似合わねぇよ。だって橋本さん、背高いし、筋肉だってそれなりにあるし。スーツのほうが、すごく似合ってるし」

「う……」

はっきりと言われて、柚希は顔を歪める。怒ったようにじっと恭平を見つめた。

「…でも、着たいならいいんじゃないの。セーラー服を着たいと思っているのが、橋本さんなんだから」

吊り目を少し細めて、恭平は優しい顔ではにかむように微笑んだ。めったに見せない素直な笑顔に、柚希はドキッとしてしまう。

可愛いな、なんて考えてしまい、柚希は思わず頭を振った。

「あ、ありがと……、あたし…部長のこと、頑張るからね！」

あわてて山吹の話に戻した。すると、恭平は一瞬戸惑《とまど》い、眉をひそめてすぐに目をそらした。

「………っ」

なにか言いたげに唇を噛む。緑の目に動揺の色が浮かび、柚希は不思議そうに恭平を見た。

「？　どうしたの、瀬谷くん？」

「……あの、俺、橋本さんに…言わなきゃなんないこと、あって…」

「え？　なによ、言ってみなさいよ」

恭平から体を離して、見上げたまま恭平の言葉を待つ。しかし、恭平はただ視線をうろうろさせるばかりで、なかなか言い出そうとしない。緊張した空気が漂い、柚希は少し酔いが醒めた。

「…瀬谷くん？」

ようやく柚希に視線を合わせたその目は、じっと柚希の瞳を見つめていた。緊張をかくせない目に引き込まれ、互いに無言になる。しずかな夜の空気に、心臓の音だけが鳴り響いているようだった。それくらい、いつの間にか心臓の音が、大きく速くなっていた。

「な…によ、どうしたの…」

あはは、と、この空気を断ち切りたくて笑う。しかし、恭平はなにか言いたげに柚希を見つめるだけで、なにも言わない。

柚希は立ち上がって、恭平が言いたいことを聞き出そうとした。しかし、酔ってぐらぐらとしていた体がバランスを崩し、足がもつれる。視界が歪んで、思わず、目の前にいた恭平のほうに倒れ込んだ。

「わ……っ」

体勢を保てず、柚希は恭平を巻き込んで倒れてしまった。とっさに両腕を伸ばして、恭平が頭や体を打たないように抱き締めたため、腕や足がコンクリートにぶつかり、痛みにぎゅっと目をつぶる。

「った…ごめ、瀬谷く…」

あわてて恭平を離して、道路に手をついたまま恭平を見下ろす。自分の下に押し倒したような体勢になってしまったものの、頭や体は守ったから打ってはいないだろう。しかし、身動きをしようとしない恭平に不安がつのり、柚希は恭平の頭を支えて顔をのぞき込む。

「どうしたの、まさかどこかケガ…」

暗い視界でも、恭平がどんな顔をしているのかわかった。

頬を赤くして、息を呑んで。泣きそうなほどに切ない目をして、柚希を見上げていた。

「……っ」

息を止めた。初めて見る恭平の表情。なにか言わなくちゃ、と思ったのに、なにも言葉は出てこない。思わず頬に触れた手を離そうと思うのに、考えとは反対に、指で恭平の頬を軽く撫《な》でてしまう。

ピクッと反応して、恭平は目をつぶった。

「っ」

緊張したように肩に力を入れ、すぐにゆっくりと目を開く。もう一度目が合ったときには、もう遅かった。

引き込まれるように、もっと恭平の顔が見たくて。

媚薬《びやく》が体に回ったように、しびれてなにも考えられない。柚希は恭平の唇に、自分の唇を近づける。

――ガタンッ！

「――っ!!」

しずまり返った空気を裂くように、店の扉が開く音が聞こえた。裏口にいた柚希と恭平の耳にもその音は聞こえて、急に現実に引き戻される。

柚希は、自分が押し倒している恭平をおどろいた表情で見つめ返した。恭平も、ハッと目を見開く。

（…あれ、あたし、なにを）

耳まで真っ赤にした恭平に涙目でにらまれ、柚希はようやく自分がしようとしたことを思い出す。

…キス、しようとしていた。恭平に。

「橋本さんが好きなのは、あの部長じゃないのかよ…っ」

口元を腕で押さえて、自分を見上げる恭平の姿を見て、柚希は動揺したように視線を泳がせる。

「あ…、あたしは……」

自分でもわからなかった。混乱して、口ごもってしまう。

なんで。なんで、恭平にキスをしようとしたんだろう――。

「…もしもし？」

背後から聞こえてきたのは、山吹の声だった。どうやら、先ほど店から出てきたのは山吹のようだ。

その声に、柚希と恭平は体を強張らせて息を呑む。恭平を押し倒したような格好のままだったが、今動いて、山吹に見つかってしまっては、もっと混乱した事態になる。どうしていいかわからなかったのもあり、柚希は恭平から視線をそらせないまま、山吹の声に耳を澄ませた。それは恭平も同じようだ。

どうやら山吹は、だれかと電話をしているようだ。柚希や恭平に気づかず、会話を続ける。

「ごめん、今日は後輩と飲みに来てて、会えないんだ」

いつもよりも優しい声だった。電話の相手は、だれなんだろう。なにかを感づいたように、恭平は目を見開いた。そして、あわてて両手を伸ばして、柚希の両耳をふさぐ。しかし、片手で恭平の手首を摑んで退《ど》かせ、柚希は片耳で山吹の声を聞いた。

聞かないほうがいいんじゃないか、そう思ったのに。

「…大丈夫、明後日《あさって》のウエディングドレスを見に行く予定、ちゃんと覚えてるから」

山吹は幸せそうに、優しい声色で電話の相手に告げた。

山吹の声だけで、電話の相手は容易に想像できた。楽しそうに会話をして電話を切ると、山吹はまた、居酒屋の中に入っていった。

「………」

ようやく起き上がり、道路に座り込む。スーツが汚れるなんて、気にならなかった。恭平も起き上がって、なにか言いたげに柚希を見つめる。

「橋本さ…」

「…もしかして、恭平……知っていたの？　部長が結婚するって…」

電話を聞かせないように、耳をふさごうとした恭平の様子で、柚希は気づいた。それでも、知らなかったと恭平が言ってくれることを期待していた。

そうじゃないと、崩れ落ちそうになる心が保てない。

「………っ…」

恭平は無言で答えた。それは、肯定を意味する沈黙だった。

「…そっか。知っていたんだ…」

恭平は、山吹に女性の恋人がいることをかくしていた。それなのに、柚希を応援していた。その矛盾が意味することを想像して、柚希はズキリと心臓が痛くなる。

恭平のほうを振り返り、視線を合わせないまま、いつものように微笑んだ。恭平は、なにも言えずにただ柚希を見つめている。

「…おもしろかったでしょ？　ひとりで舞い上がって、部長の話をするあたしのこと」

柚希はうしろの壁に体をもたせかけた。柚希の言葉に反応して、恭平は立ち上がって、勢いよく反論した。

「おもしろいなんて思ったことない！　俺は…っ…こないだ、店長が言ってたのを聞いて…でも、ずっと橋本さんに言い出せなくて……っ」

「いいの、ほんとに。あたしは自分のこと、よくわかっているのよ。…あーでも、ほんとこんなんじゃ、いつまで経《た》ってもダメなままだよね…」

無理に笑って、ごまかした。じゃないと、泣きそうだった。

ゆっくりと立ち上がって、スーツについた土を払い、ふう、とため息をつく。片手で髪を撫でつけて、すぐに恭平に背を向ける。そのまま、なにも言わずに店の入り口に戻ろうとした。

「待っ、……！」

どん、と背後から衝撃を受けた。そのまま前に両手を伸ばされ、ぎゅうっと抱かれる。

恭平が、抱きついてきたのだ。自分よりも少し小さな体に、すがるように抱き締められても、柚希は恭平のほうを振り向かなかった。恭平の手を、大きな手で摑んでゆっくりと引き剝がして、体を離した。

「…もう、やめる。だって、あたしは部長と一緒に、ウエディングドレスなんて見に行けない。……せっかく協力してくれたのに、ごめんね」

自嘲《じちょう》気味に笑って、柚希は恭平のほうを振り返る。泣きそうな顔で柚希を見つめる恭平を見て、ズキッと心が痛んだ。それでも、どうしてもこのまま、なんでもなかったように恭平に接することはできそうになかった。

「着れなかった洋服も、ぜんぶ捨てる」

——自分の性にあらがって、周りから敬遠されて傷ついて、自分が男だと思い知らされて。

またあのときみたいに、自分が壊れそうになるほど傷つくくらいなら、なかったことにしたほうがずっといい。

「じゃあ、先に戻ってるから」

なにか言いたげに自分を見つめる恭平を置いて、店へ戻った。人の声がまばらに聞こえる店内に入って、何事もなかったように山吹のとなりに座る。

「あ、橋本くん、だいぶ具合よくなったみたいですね…あれ、瀬谷くんはどうしたんですか？」

「…店の用事で、買い物行ってくるって言ってましたよ」

不思議そうに柚希を見上げて聞く山吹に、柚希は適当な言い訳をして、笑う。大丈夫なふりは得意だ。きっと、顔にも声にも出ていないだろう。

テーブルに置かれた水の入ったコップを手にして、肘をつきながら、ゆっくりと口にあてて水を含んだ。

（……なんで、だろう）

部長に恋人がいたという事実よりも、恭平が泣きそうな顔をしていたことのほうが、なぜか心に引っかかって――…。

それすらも気づかないふりをして、柚希は元気そうに振る舞っていた。

5.

　あれから、数日。柚希はクローゼットに仕舞い込んでいた、着ることもなかった女性物の服をようやく引っ張り出して、ゴミ袋に詰め込んだ。

　それを抱えて、マンションの前のゴミ捨て場まで来ると、つい立ち止まってしまう。

（…捨てるって決めたでしょ）

　だれもいない時間を狙い、まだ薄暗い早朝にゴミ捨て場まで来たのだ。ぎゅっと目をつぶり、ゴミ袋から手を離して、ゴミ捨て場のカゴに落とした。ボスン、と、鈍い音をさせて落ちる。

　恥ずかしくて店には買いに行けなくて、通販で買った服。柚希の体に合うサイズはなかなかなくて、『どうせ着れないなら、可愛いものを買おう』なんて考えて、可愛らしいフリルたっぷりのものばかり買った。通販サイトを眺めて、それを来て街中を歩くことをドキドキしながら想像していた。となりには大好きな人がいて、一緒にショッピングして食事して、映画も見て…なんて、顔にも体にも似合わないことばかり想像するときが、楽しい時間だったな、と考えた。

（…でも、瀬谷くんといるときのほうが、楽しかったな）

　メールや電話をして、取りとめのない会話を楽しんで。一緒にレストランに行ったときなんて、本当に楽しかった。女性らしい格好をしたり、女性扱いされたりしたわけでもないのに、恭平と一緒にいたときが一番、自分らしくいられた。

ぼんやりと恭平のことを思い出し、すぐに唇を噛んで考えるのをやめた。恭平とは気まずくて、あれ以来電話もメールもしていないし、ましてや会ってもいない。恭平からも連絡がなかったので、少しほっとしていた。

会っても、どんな顔をしていいかわからない。

（…大丈夫、また会っても、なんでもなかった顔をすればいいだけ…！）

いまだに腕に残る、恭平を抱き締めたときの感覚も、目の奥に映る泣きそうな顔も、すべて払いのけるように頭を横に振った。

決めたんだ。女になりたかった自分を完全にかくして、男として生きることを選択した。そうでもしないと、きっと自分は変われない。いつまでも引きずってふさぎ込んでいることはできない。

かといって、女性を好きになることは、きっとないだろう。だから、だれも好きにならないと決意した。一生ひとりぼっちだとしても、だれかを好きになって、また傷ついて、相手も傷つけてしまうことを繰り返したくない。

「橋本先輩、今日のプレゼンかっこよかったです！」

「堂々としていて、さすが！　って感じでしたよ！」

大詰めだった業務が終わり、後輩に打ち上げがてら食事に誘われ、久しぶりに行くことにした。うまくいったプレゼンに大興奮してはしゃぐ後輩に連れられて、暗くなりかけた道を歩く。週末ということもあり、会社帰りの人たちが歩いていた。久々に来た歓楽街は、まぶしいくらいににぎわっている。

「鳥谷部《とやべ》さんや野中《のなか》さんも頑張ってくれたから。ほんと助かったよ」

「えっ、本当ですか？」

柚希が褒めると、後輩はうれしそうに頬を染める。ふわふわな髪型に、明るい色のグロス。可愛いな、うらやましいな、なんて考えそうになり、柚希はすぐに視線をそらした。

…自分を変えることは、なかなかむずかしいことだ。

ため息をついていると、カバンに入れていたスマホの呼び出し音が聞こえた。歩きながらスマホを取り出し、画面に映った名前を見る。

「……！」

画面を見たまま、立ち止まってしまう。後輩たちが心配そうに、柚希のほうを見ていたのに気づき、先に行っててと伝えた。

「…瀬谷、恭平……」

画面に映し出された発信者は、恭平だった。久々に見る名前に、柚希は動揺をかくせない。

(なにおろおろしてんのよ、動揺するな…！)

震えそうになる指先でボタンを押して、スマホを耳に近づける。

『……橋本さん？』

久しぶりに聞いた恭平の声はたどたどしく、緊張感が漂っていた。電話に出ないだろうと思っていたのだろう、おどろいた様子だった。

「ひ、さしぶりだね…どうしたんだよ？」

電話口で、動揺をかくして男の口調で声をかけた。もう女の口調は出さないことを決めたからだ。恭平に対し男の口調で話すのに慣れていないのもあって、声が震えてしまったかもしれない。

『………』

恭平はなにも言わなかった。柚希も無言になって、恭平の言葉を待っていたが、それでもなにも言わない。緊張感に耐えられなくて、柚希はなにか言おうと、言葉を探った。

「なに、…どうしたんだよ。今、ちょっと仕事中だから…」

言って、後悔した。これじゃまるで、電話を早く切りたいと言っているようなものだ。気まずい思いも手伝って、嘘を言ってしまった。恭平を傷つけたいわけではないのに。

『ごめ…でも、ちょっと…言っておきたいことがあって』

ようやく恭平は、戸惑うように小さい声で話した。どきりとして、なにも答えずに耳を傾ける。

『……誤解を解きたかった。アンタをおもしろがって、山吹さんの恋人のこと…黙っていたんじゃない』

「…それはもういいって。わかってるから…」

『わかってないだろ！』

あのときのことを思い出したくなくて、柚希が話を遮《さえぎ》ろうとすると、すぐに恭平が電話越しに怒鳴った。おどろいて黙ってしまうと、またしずかに話を続ける。

『…アンタに、悲しい思いをしてほしくないってことよりも……、俺は最低なんだ。ほかの人のことで、感情を揺さぶられるアンタのこと、……見たくないって思って…結局、自分のために言い出せなかった』

口ごもりながら、自分の気持ちをひとつひとつ言葉にする。恭平の言っている意味がよくわからなくて、柚希は眉をひそめて聞き返した。

「え？　どういう意味？」

すると、恭平は少しのあいだ黙ってしまった。恭平の言葉を思い出して思考を巡らせるが、やはり意味がわからない。

仕方なく、もう一度聞き返した。

「……やっぱり、意味がわからないんだけど…？」

『――だから…！』

恭平はようやく決心がついたのか、イライラしたような声色で話した。柚希は道の真ん中に立ち止まり、恭平の言葉に耳を傾けた。

『…橋本さんのこと、……好きなんだよ…っ』

思ってもいなかった言葉を聞いて、柚希は持っていたカバンを落とした。

「な…に、冗談…？　だってあたし、男…」

とつぜんの告白に、柚希はつい女口調で返してしまう。恭平はそれでも、言葉を続けた。

『…橋本さんはすごく気にしているけど、男とか女とか…そんなの、俺はどうだっていい』

そういえば恭平はいつだって柚希のことを、性癖を理由に拒むことはなかった。いつだって、柚希のほうが怖がって、勝手に気持ち悪がられると思い込んで。今回のことだって、恭平の言い分を聞かずに決めつけて拒んでいたのは、柚希のほうだった。

なにも言えずに立ち尽くしている柚希に、恭平は話し続けた。

『…俺は、橋本さんに好きなものをあきらめてほしくない。無理して男っぽくしてる橋本さんより、セーラー服が着たいって、目ぇキラキラさせてる橋本さんのほうが、俺は好きだよ』

それだけ言うと、恭平はまた黙ってしまう。柚希はスマホを耳にあてたまま、ただうつむいた。

——うれしかった。あきらめたいのに、あきらめられなくて、そんな自分を、自分が一番受け入れられずにいて。

それなのに恭平は、そんな自分を受け入れてくれている。好きだと、言ってくれる。

「…………っ…」

心臓が苦しいくらいに高鳴って、口に手をあてた。その手に温かい雫《しずく》が触れて、自分が今、泣いていることを知る。周囲を歩く人たちが、物めずらしそうに柚希を横目で見て通り過ぎていった。それすらも気づかないくらい、柚希は動揺していた。

高校時代、幼馴染みにフラれて周りから悪口を言われ続けたときも、山吹に恋人がいることがわかったときも、いつだってあきらめて、自分に言い訳をして知らないふりをして心を守ってきた。

——こうして涙が出てきたのも、きっと、それ以上に感情が揺さぶられたからなのだろう。

『……やっぱりまだ、怒ってるよな…』

なにも言えずに泣いている柚希に気づかないのか、恭平は不安そうにぼそりとつぶやいた。

『…橋本さんに認めてもらえるように、俺、ちゃんと高校にも行く。立派になって、アンタが好みだって言ってたような人間になれたら…また、好きだって言いに行くから』

それだけ言って、恭平がゆっくりと電話を切ろうとする気配がした。

「ちょ…っと待って！」

『っ？』

大きな声を出して、恭平を止める。恭平は電話を切るタイミングを失ったのか、そのまま柚希に聞き返した。

『なん…』

「どこにいるのよ!?」

『え…店の近くの、駅だけど…』

それだけ聞いて、ぶつりと電話を切る。柚希は落としたカバンを拾い上げ、走り出した。

会いたい。恭平に会って、顔を見て、恭平が伝えてくれたように、ちゃんと自分の気持ちを言いたい。

きっと、高校生のころのような、なにもリスクを考えられない素直な自分には戻れない。それでも、行動をせきたてる感情を、止められなかった。


「……あ」

息を切らせて走っていった駅の入り口に、立ち尽くす恭平が見えた。久々に見た恭平は、以前見たような、フードを深くかぶってうつむいている青年ではなかった。嫌っていた金色の髪や緑の目をかくさずに、ブレザーの学生服を着て、寒そうにマフラーを巻いていた。

柚希の姿を見つけると、恭平はおどろいたように体を強張らせた。

「……っ」

まさか、本当に来るとは思っていなかったのだろう。それでも気になったのか、恭平は居酒屋近くにあるこの駅の入り口で、帰らずに待っていたのだ。

恭平は柚希から顔を背けて、駅の中に逃げようとした。

「あっ、待ちなさいって…!」

恭平を追いかけて駅の中に入り、腕に手を伸ばす。手首をぎゅっと摑み、そのまま自分のほうに引き寄せた。ようやく立ち止まったものの、柚希から視線を外して見ようとしない。柚希や恭平を横目に通り過ぎていく人たちが、視界の端に映った。息を切らして黙るふたりの姿を見て、不審《ふしん》そうな視線を送ってくる。それすらも気にならないくらい、柚希は必死だった。

「…なんだよ、放せって…」

ぼそりとつぶやいて、恭平は柚希の手を振り払おうとした。恭平を放したくなくて、柚希は振り払われる前に恭平の手を強引に引っ張った。

そして、ぎゅうっと恭平の体を抱き締める。

「……!?」

背が高い柚希に抱き上げられ、恭平はかかとが少し浮いた体勢でそれを受け入れてしまう。

とつぜん駅の構内で、スーツ姿のサラリーマンが男子高校生を抱き締めた光景を目にしたからか、周囲がざわざわと騒がしくなった。柚希の肩越しに、ふたりをまじまじと眺める人たちの姿が目に入り、恭平は顔を真っ赤にして柚希の体を押した。

「うわっ橋本さ…、人が…ってかアンタ、仕事中じゃなかったのかよ…?」

後輩たちに謝って打ち上げを延期にしてもらい、急いで駅までタクシーで向かった。ようやく駅の入り口で恭平を見つけたのだ。

今日会えなかったら、もう本当に、恭平と会えなくなる気がしたから。

「うるさい！　アンタのせいなんだからね！　あんなかっこいいこと言うから…！」

強い力で抱き締められているせいで、恭平はまったく身動きが取れない。やめさせようとするが、柚希は気にせず、女の口調で話し続けた。恭平はさらに困惑した表情を浮かべる。

「ひ、人が見てるけど…」

「そんなのもう、どうでもいいの！」

抱き締めた恭平の体が温かくて愛《いと》おしくて、我慢できずに少し体を離して、恭平のおでこにキスをした。

とたん、真っ赤になって、恭平は強い力で柚希を押して離れた。

「な、な、……っ」

耳まで赤くして、後ずさりをする。なにが起こっているのか理解できなくて、恭平は混乱したように視線を泳がせた。いきなり始まった男同士のやり取りに、じろじろと見ながら通り過ぎる人たちや、クスクスと笑いながら見ている人たちまでいた。

「…うち、ここから近いから、うちで話さない…？」

あまりの恥ずかしさに黙ってしまった恭平に気づき、自分の行動にちょっと後悔をした。柚希は恭平の手を引いて、足早に駅から出ていった。


マンションの三階、一番奥にある自室の鍵を開けて、おどおどと戸惑っている恭平の腕を引き、中に入る。

玄関から上がり、廊下を進む。扉を開けて明かりをつけると、オープンキッチン付きの居間になっていて、キッチンテーブルには料理が好きな柚希が集めた調理器具や皿などがキレイに並べられていた。室内も整理整頓されていて、大きめのテレビの前にソファとガラスのテーブル。窓の側に、パソコンが置かれたテーブルがあり、全体的にさっぱりした印象ではあるが、ところどころに可愛らしい雑貨が置かれ、一見女性が住む部屋にも見える。

そんな室内の様子を見ることもできず、恭平は柚希に手を引かれ、固まったままだ。ソファに座らせてみたものの、ずっと押し黙っている。

「なにか、飲み物持ってくるね」

落ち着いてもらうため、飲み物でもと思い立ち上がると、ようやく恭平が柚希を見上げた。

「…橋本さん、いいのかよ…？」

「？　なにが…？」

柚希に聞き返され、恭平は視線を泳がせる。決意したように、しずかに言葉を紡いだ。

「……あれだけかくしたがってたのに、あんなところで…だれか、知り合いが見てたら」

柚希が傷つくと思って、心配しているのだろう。自分はあんなに大胆なことを言ったくせにと心の中でつぶやいて、微笑んだ。

困ったような表情で柚希を見て、恭平はまた黙ってしまった。

「男とか女とかどうでもいいって言ったのは、恭平じゃない」

そう言って恭平の側に座り、視線を合わせる。緑色の吊り目は何度かまばたきをして、ためらいながらも柚希を見つめた。徐々に距離が近くなり、柚希は恭平に、触れる程度のキスを頻にした。

「わっ」

とたんに真っ赤になって、頬を押さえて後ずさる。その反応が可愛くて、柚希はうれしそうに笑った。

「あたしはどうごまかしたって、似合いもしないセーラー服に憧れるオカマなの」

それでも柚希は、いいと思った。

幸せになりたくて、ずっとずっと性癖をかくしてきた。でも、それをかくしてきても、幸せになれたことはなかった。結局は、自分が自分を受け入れられないまま、幸せになることなんてできるはずがない。

しかし、恭平はその柚希の悩みを、「どうでもいい」と言ってくれた。こんな自分を、好きだと告げてくれた。

だから、自分をごまかさずに、認めてみようと思った。高校生のころ、好きだった幼馴染みにセーラー服を着て自分の気持ちを伝えた、あのときのように。

「あたし、あの夜のあと、部長に恋人がいたことよりも、瀬谷くんのことが気になって仕方なかったの」

「えっ…？」

「瀬谷くんに、どうしてキスしたくなったんだろう。どうして、あんな泣きそうな顔させちゃったんだろう。瀬谷くんと会えないことが、どうしてこんなにつらいんだろうって……でもずっと自分をごまかしてた。だって瀬谷くんに嫌われたら、ぜったい立ち直れないと思ってたから」

「嫌われ…って、俺、なにも言ってない…！」

嫌われるなんて勝手に想像して、臆病になっていた。そうやって、恭平のことも今までと同じように、自分の気持ちをごまかしたまま、なかったことにしようとしていた。

「……でもさっき、瀬谷くんに言われて、ごまかさないって決めたんだ。そしたら、一緒にいたいって思ったのは、部長じゃなくて、…瀬谷くんだったのよ」

愛おしく恭平を見つめ、その手に触れる。恭平はびくりと肩を震わせて、ゆっくりと柚希に視線を合わせた。

「ありがとう、瀬谷くんのおかげだよ。あたし、自分のこと好きになれそう」

細い手を自分の口元に引いて、手の甲に軽く口づける。すると、顔を赤くした恭平の姿が視界に映った。

「…れ、だって」

「え…？」

「っ俺だって…橋本さんが好きだって言ってくれて……この目や髪のこと、かくさなくていいんだって、思えたから」

眉をひそめていて、一見不機嫌に見える表情も、赤い頬をしているのでは、可愛くしか見えなかった。

（ああ、かっわいぃ……！）

うれしくて可愛くて、恭平に抱きつこうとしたものの、柚希の体のほうが大きい。勢いあまって恭平をソファに押し倒してしまった。

「あらら、ごめんね……」

すぐに起き上がり、自分の下になってしまった恭平を見下ろす。同時に、柚希を見上げた恭平と目が合い、無言になってしまう。

「………」

片手で、恭平の頬に触れる。一瞬、目をつぶると、すぐにゆっくりと開いた。柚希をまっすぐに見つめる緑色の瞳に、引き込まれるように顔を近づけて、ちゅ、と唇に口づけた。

少しだけ唇を離して、今度は深く、唇を食《は》んだ。

「ん…む…っ」

舌で優しく唇をなぞり、薄く開いた隙間に潜り込む。舌で触れるたびに反応して、体を強張らせて声をもらす恭平に、柚希はぞくぞくとした感覚を抱く。恭平は、息苦しいのか柚希の腕を摑んで止めようとしたが、もうすでに遅かった。唇を合わせることをやめられなくて、気持ちよくて、柚希は恭平の反応に気づかずにキスを続けた。

「…んぅ…っ、も、苦し…ッ」

なんとか柚希の体を両手で押して、恭平が唇を離した。ようやく、自分が思わずしてしまったことに気づいた柚希は、恭平から体を少し離す。しかし、耳まで真っ赤になって、口を片手でかくして黙っている恭平を見ると、さらに興奮して苦しくなってしまう。

…もう、止められそうにない。

「…悪いけど、あたしもう、我慢できない…」

「え…え!?」

「瀬谷くんを見てると、こう…男のあたしがムラムラしてくるのよ…」

恭平と至近距離で視線を合わせて、柚希は息苦しさに耐えきれず、着ていたスーツのネクタイをゆるめた。ワイシャツのボタンを外して、首筋や鎖骨をあらわにして息をつく。獲物を見やる獣のように熱っぽい視線で、目を細めて恭平を見つめた。

「………っ」

恭平は柚希のその視線や、喉仏が浮いた首筋に視線を奪われているようで、そこから目をそらせないようだった。普段、女性のように振る舞っていながらも、やはり外見は男性。恭平よりも大きくて、発情したように自分を見据える姿を見て、どうしていいのかわからないように、恭平は固まっていた。

「…べつに、噛みついたりしないわよ」

恭平の怯えを感じ、柚希はくすっと困ったように微笑む。そして、少し邪魔そうに、自分の目にかかる前髪を耳にかけた。

「大丈夫、ちゃんと気持ちよくしてあげるからね…？」

低くて優しい声色で囁いて、柚希は恭平の耳に唇を押しあてる。とたん、恭平はぞくぞくと鳥肌を立てた。顔を赤くして、柚希から離れようとする。

「あ…っ、ちょっと待っ…！」

「…でもここ、苦しそうじゃない」

するりと手を伸ばして、恭平の中心に触れる。先ほどのキスや耳への愛撫《あいぶ》で、そこは熱くなっていた。それを気づかされ、恭平はカーッと一気に顔を赤くした。

すぐに柚希の手を払い、体を俯《うつぶ》せにして、恭平は柚希に見られないように顔や中心をかくす。相当恥ずかしいのだろう、少し体を震わせて、柚希のほうを向こうとしない。

「……ちょっと、こっち向いて」

「ムリだ…！　は……、恥ずかしい……っ」

かなり混乱しているのだろう。めったに言わないようなセリフで、感情を素直に伝えられて、思わず噴き出しそうになる。柚希との行為をいやがっているわけではなく、本当に恥ずかしいと感じているようだった。

「なに童貞みたいなこと言ってんのよ。あ、そうか。童貞だったか」

「ち、ちがう！」

童貞という言葉に反応して、恭平はようやく顔を上げて柚希をにらんだ。熱くなっている体がつらいようで、涙目でにらまれてしまい、柚希はぞくぞくとした感覚を覚えた。

「ふふ、女の子の相手もしたことないのに、初めてが男のあたしってことになるのよね…」

すぐにうつむいて顔をかくした恭平に体を寄せて、耳元に唇を近づける。そして、恭平の羞恥心を煽《あお》るため、わざとらしく低い声を出した。

「…俺みたいな男が、恭平の初めてを奪うなんて考えたら、ゾクゾクするな？」

「ん…っ！」

低い声色で、会社で使っているような男の言葉を囁いた。思ったとおり、びくっと背をそらせて固まる。

「ちょっ…なんで、その…！」

するりと恭平の体に手を伸ばし、マフラーを引き抜く。そのまま、ブレザーのボタンに手をかけ、流れるような動作で外していく。

「…ん？　こういうのが好きなのかなと思って」

「す、好きって…っ」

あいかわらず、恭平は柚希のほうを向こうとしないが、ゆっくりと制服を脱がしていっても、いやがって止めようとすることはなかった。

ブレザーを脱がせて床に落とし、恭平の腕を摑んで優しく体を上向かせる。しかし、すぐに両腕で顔を覆ってしまう。

「…顔が見たいんだけど？」

「…み、見なくて…いい」

顔を覆う腕に、軽くキスを落とす。恥ずかしがって、一向に顔を見せてくれない恭平にしびれを切らし、柚希は少し不機嫌な顔をして恭平の両手首を摑んだ。そして、強引に腕を引いて顔から両腕を離させ、ソファに押しつける。想像していたとおり、恭平は顔を赤くしたままギョッとした表情をして、目をそらす。

「あたしが、見たいの。瀬谷くんが感じてる顔」

「かっ…俺は別に、あの」

もごもごと口ごもってしまう。両手で恭平の手を摑んでいるため、手で恭平の体にさわることはできない。柚希は首筋に顔を埋《うず》めて、舌で肌に触れた。

「ん…っ」

体を震わせてしまった恭平に、くすりと笑った。軽く首筋を甘噛みして、恭平の反応を楽しむ。

「…気持ちいい？　ここ弱いんだ…？」

「ぅ…あ、もう…やめ…っ」

恭平の反応が可愛い。もっと気持ちよくさせたい。夢中で首筋や鎖骨を甘噛みして、途中、恭平の手首を離していたことに気づかなかった。恭平に両肩を押されて、体を離してしまう。

「…っと」

ようやく我に返って、恭平から離れる。

——もしかして、引かれてしまっただろうか…？

恭平がノンケで、しかもこういった経験がまったくないことを思い出し、柚希はあわてて恭平の顔をのぞき込む。

「ごめん、いやだった…？」

眉尻を下げて、不安そうに小さい声でそう言った。低い声で、ちょっと強引に襲ってみるなんて、ただのイジワルですぐ終わらせようと思っていたのに。つい、恭平の反応が可愛くて抑えられなかったことに対して、自己嫌悪がわいた。

「………」

顔をのぞき込み視線を合わせると、恭平は眉をひそめて涙目になっていた。耳まで真っ赤になって、荒い呼吸をなんとか抑え、柚希をにらみ上げた。

（ヤバい、怒ってる…！）

毛を逆立《さかだ》てた猫のように、強い視線をあびせられる。文句を言われるのを覚悟で、恭平の言葉を待った。

「…い、………じゃない…」

「……ん？」

小さくて聞き取れなかったために聞き返すと、恭平はより一層眉間にしわを作った。そして、先ほどよりも少しだけ大きな声で柚希に告げた。

「いやじゃ…なくて……恥ずかしいだけって、…さっきから言って…」

それだけ言うと、恭平は無言になる。あまりに可愛い反応に、柚希はまたしても、ゾクゾクとした感覚に震えてしまう。

…どうしてこの子は、こんなにあたしの男の部分を揺さぶるんだろう。

「……瀬谷くんのせいなんだからね…っ」

「えっ…!?　わ…っ」

恭平が着ていたワイシャツを脱がせると、強引に抱き上げて体を浮かせる。思わず恭平が柚希に抱きつくと、柚希はそのまま顔を合わせて恭平にキスをした。

「んん…っ…」

興奮で体が熱くなってきて、片手で恭平の体を支えながら、自分が着ていたワイシャツのボタンを外す。ようやく恭平を離してソファに体を押しつけると、ワイシャツを脱ぎ捨てた。学生時代に鍛えた体は今も健在で、腹筋の浮いた腹や、ほどよく筋肉のついた腕は、とても女装が好きな乙女心の持ち主とは思えないものだ。その体にうっすらと汗がにじんでいて、熱い吐息をもらすキレイな顔は、押し倒した恭平を射抜くほど強い視線で見つめていた。

「…っごめ…もう、我慢できないから…」

愛おしそうに、大きな手で恭平の頬に触れる。恭平は無言で唇を噛んではいるものの、その手を振り払おうとはしない。そして、つぶやく。

「……我慢するの、アンタらしくないし…、っ」

熱くなった指で、優しく恭平の体に触れる。鎖骨、胸板と触れていき、胸の中央にたどりつくと、恭平はびくっと体を震わせた。そこに触れられることに、痛みや嫌悪ではなく、気持ちよさを感じていることを確認すると、指の腹で少し強めに乳首を押し上げた。

「…ん…っ」

目をつぶって、襲ってくる感覚や羞恥心に耐えている。その姿に興奮して、柚希は執拗《しつよう》に乳首をさわった。そして、もう片方の乳首に舌を這《は》わせる。

「ひっ……！」

思わず声を上げてしまい、恭平はすぐに片腕で口をかくした。それでも柚希はやめず、乳首を甘噛みして恭平の反応を楽しむ。

「や、…しつこい…っ！」

柚希の肩を両手で押して離そうとしたものの、柚希が片手で恭平の体を抱き込んだためにそれはできなかった。

「…乳首噛まれるの、好きなんだ？」

柚希が無意識に耳元で話すと、恭平は小さい声で柚希に言った。

「っ好きじゃない…！　……あと、その声、やめろ…！」

「え？」

恭平の顔を見て、まばたきをする。

「なんで？」

ちょうど見上げた位置に恭平の耳があったためか、低い声で聞くと、恭平は肩を強張らせて声をもらした。

「っ……」

その表情を見て、柚希は気づいた。

「耳元で低い声でしゃべられるの、感じちゃうんだ…？」

柚希の少し意地の悪い、確信めいた声音に、恭平は耳をふさいで黙ってしまう。

いくら女口調であっても柚希の声はとても低く、耳元で話されてしまえば、体の芯をくすぐるようだった。

不機嫌なように表情を歪めているが、耳まで真っ赤になっているために、怒っているような印象はなかった。それよりも、言い当てられてすぐに耳を守ってしまった恭平が可愛くて、柚希はさらに恭平にイジワルをしたくなってしまう。

「気持ちいいの、べつに悪いことじゃないんだから」

恭平の手首を掴んで耳から離させて、わざと耳たぶを噛んだ。そして、体を縮こめてしまう恭平を気にせずに、続きを囁いた。

「…ちゃんと気持ちよく、させてあげるね…？」

「ひあ…っ」

わざとらしく、さらに低い声で言う。そして、片手で恭平の下半身に触れた。

「わ…ダメだ…！……んっ」

服越しでもわかるその熱いものに、撫でるように触れた。苦しそうに息をつき、恭平は震えて反応する。ベルトを外し、ゆっくりとジッパーを下ろして、下着ごと制服のズボンを膝まで脱がせた。冷たい空気に触れたそれは、先走りをこぼして熱くなっている。

「耳や乳首触っただけで、こんなにしちゃうんだ」

「う……っ」

ぬるぬると、ゆっくり恭平自身に指で愛撫を与える。柚希の大きな手にすっぽり収まる程度のそれは、すでに限界が近いようで、ふるふると震えている。恭平の耳元で囁いてイジワルをしながらも、柚希まで昂ってきてしまう。

「…ふ…、……っ…」

恭平は目をつぶって、必死に声を我慢して硬直している。両手で柚希の腕を掴んで、自身を愛撫する手を止めさせようとしているが、その手には力が入っていない。足は、強張ったように曲げられているだけだった。

「…可愛い…、人にさわられるのも、初めてなんだ…？」

「っあ…！　…ッたり前だ…！　俺に…こ、こんなことするの…ん…、アンタだけだ…っ」

「当然…ほかの人にはぜったい、さわらせたくない…！」

徐々に擦《こす》る速度を速めて、指に力を込める。そのたびに声を上げてしまう恭平に刺激され、柚希自身も膨《ふく》らみが大きくなる。苦しくて、息をついた。

「っはあ…」

するると、その柚希の様子に気づいたようで、恭平が柚希を見上げる。

「…瀬谷くんがエロいから、反応しちゃったんだけど…」

「!? お…俺は…、橋本さんが…！」

恭平の視線に気づき、息をついてにやっと笑ってみる。あわてて視線をそらしたものの、苦しそうな柚希が気になるようで、恭平は自分を組み敷く柚希の下半身に視線をやる。スーツのズボンが膨み、大きくなっているのが見てわかったのだろう、恭平は困ったように視線を泳がせる。

「…なに…？ さわってくれるとか？」

初めてで、しかも男になんて、きっと恭平はできるわけないだろう。期待はしていなかったため、冗談っぽく笑って柚希はそう言った。しかし――。

「……わ…わかった…」

恭平は、こくりとうなずく。柚希と視線を合わせないままに、緊張で喉を鳴らした。まさか、うなずくとは思っていなかった柚希は、おどろいて目を見開く。

「え、…無理しなくても」

「してない…！ お…俺ばっかり…恥ずかしい思いすんの、不公平だろ…」

噛みつくような勢いで言って、恭平は柚希の腕から手を離した。そして、ゆっくりと柚希のベルトにさわる。他人のベルトを外すという行為も初めてなのだろう、苦戦しながらもなんとか外すと、熱く膨らむ下半身に触れないように気をつけながら、無言で柚希のジッパーを下ろした。

「……………」

おずおずと下着に触れて下ろすと、柚希のそれが冷たい空気に晒《さら》される。恭平との行為で大きく膨らんだ自身は、恭平のものよりも大きく、熱をはらんでいた。大きさにおどろいて、恭平は唾を飲み込んでしまう。ようやく柚希の下着から手を離して、どうしていいのかわからないと言いたげに視線を泳がせた。

「…恥ずかしい思い、させたいんじゃないの？」

なにも考えずに口から出た言葉に、ちょっと後悔した。『無理しなくていいよ』と言おうと思っていたのに、自分のものを見て顔を赤くして動揺している恭平を、もっと困らせたくなってしまったのだ。

恭平は一度柚希を困ったような顔で見上げて、すぐに唇を噛んで押し黙る。そして、意を決したように柚希自身に視線を移して、おずおずとそれに両手で触れた。

指が触れて、一度離したものの、恭平はすぐにまた触れた。両手で包み込むように柚希自身を握ると、ゆるゆるとした遅い動きで、それに刺激を与える。そのわずかな感覚に、柚希は反応して声をもらした。

「っ…」

指の動きは遅いものの、慣れないながらも必死に愛撫する恭平に、柚希はさらに興奮してしまう。理性を保とうと眉をひそめて、反応を見せないように耐える。ここで理性を手離してしまえば、恭平にどんなことをしてしまうかわからない。

「…っ…ん…橋本、さ…っ…気持ちよくない、か…？」

あまり反応を見せない柚希に、恭平はさわり方がまずかったのかと不安になったようだ。自分の手元を見ながら必死に指を動かして、柚希に聞いた。

「っ…どうだろう…ね」

意地悪く笑って、柚希は触れていた恭平自身を強く握った。

「いぁ…っ」

「瀬谷くんは？　こんなに大きくして…気持ちいい…？」

空いている片方の腕を、恭平の顔の横に置いて、覆うように体を密着させる。そして、わざと耳元で低い声でつぶやいた。目をぎゅっとつぶってしまった恭平の耳を軽く舐《な》めて、さらに彼自身を愛撫して刺激を与える。

「あ、…や…っも…橋本…さん…！」

恭平が、柚希自身を握ったまま手を止めてしまったために、柚希はもどかしくなってしまう。

「っ…手…動かす余裕ない、か…」

うずきがひどくて、思考力も低下してくる。

「っは……瀬谷、くんが…煽るから…っ」

苦しそうに息をついて、柚希はなにも考えずに恭平自身から手を離す。そして、恭平の先走りで濡れた手で恭平の腰を摑むと、自分の膝の上に乗せる。恭平の両足が、投げ出されたように宙に浮いた。

バランスが崩れそうになるものの、柚希が腰を摑んでいたために、そうならずに済む。

どうしてこの体勢にされたのかわからず、恭平は自分を組み敷く柚希を見上げた。

「う、ん…っ…?」

柚希は、自分のものを恭平のものに押しあてて、自分のものごと恭平自身を握り込んだ。意識が朦《もう》朧《ろう》としていたはずの恭平は、背を弓なりにそらして反応してしまう。

「ちょ…っ橋本さ…、あぁっ…!」

自分のものよりも熱くて大きなものに擦られ、その動きで体も揺らされる。淫猥《いんわい》な音を立て、濡れていくそれのもたらす刺激に、恭平は目尻に涙を溜めて耐えた。

「ふ…は…、……ッ」

「…我慢できないなら…、イっていいから」

恭平が我慢していることに気づいた柚希は、腰を動かしながら言った。苦しそうな恭平をイかせることに集中して、恭平自身に刺激を与えていく。

それでも、柚希に自分が達する姿を見られるのが、恭平は相当恥ずかしいようだった。バランスを保つように恭平の顔の横についた柚希の片腕に、両手でしがみついて、生理的な涙を流して真っ赤になって唇を噛んでいた。

「…ひっ…うぅ…！」

それでも我慢しきれない嬌声《きょうせい》が、唇からもれる。その姿に柚希はさらに昂ってしまい、少し強引に揺さぶってしまう。

「ん、あ、待…っ！　…――――ッ…！」

びくびくと体を震わせて、恭平自身から白濁《はくだく》が飛び、柚希や恭平の肌を汚した。荒い息をつきながら、徐々に恭平の体から力が抜けてきて、ソファに体をあずけてぐったりとしてしまった。

「は…、…はぁ……」

ようやく柚希が、握っていた恭平自身から手を離す。恭平はなにも考えられなくて、疲労した体を動かそうとすることもできずにいるようだ。しかし、自分の肌に感じる熱いそれの感覚に気づいたのか、意識が戻った。

「う…あ、俺……っごめ…」

「ごめん…！」

羞恥心で顔を赤くして、柚希にまで飛ばしてしまったことを謝るため、恭平は柚希を見上げた。しかし、それを遮って、柚希は大きな声で恭平が言おうとした言葉を口にした。

「へ…？」

なぜ謝られたのかわからない恭平は、猫のような吊り目を丸くして、きょとんと柚希の顔を見据える。すると、柚希は恭平に視線を合わせた。

……非常に熱のこもった視線で。

「も…我慢できない…」

「？　わっ」

先ほどの行為ですっかり体が昂ってしまった柚希は、理性を保てずに勢いで恭平の腰を抱き上げ、俯せに転がした。頭の中で、『それはもう少し慣れてから』と何度も自分に言い聞かせようとするのに、体は言うことを利かない。

「な、なんだ…？」

俯せにされて、恭平は不安そうに柚希のほうを振り返って見上げた。その仕草すら、柚希を昂らせる要因になってしまう。先ほどの愛撫では達しきれなかったそれが、さらに熱くなっていく感覚に背筋が震える。

せめて、見えないようにすれば怖い感覚もちょっとは和《やわ》らぐかな、なんて思った。だから、恭平を俯せにさせたものの、そんなことでどうにかできるものでもない。

そうわかっているのに、柚希は恭平を――抱きたくて仕方なくなっていた。

「っ…痛くないように、するから」

「え…っ」

その言葉で察したのか、恭平は真っ赤になって柚希を見た。柚希は恭平の腰を抱き上げて、膝を曲げさせて腰の位置を高くすると、恭平のもので濡れた指で、秘部に触れた。

「ん…！」

体をびくっと震わせて、その指の感触に恭平が耐える。秘孔《ひこう》の周辺をゆるゆると撫で、中に指をゆっくりと挿《さ》し込んだ。

「ふあ…っ」

恭平はぎゅっとソファに爪を立てて、普段触られることすらない場所に侵入してくる異物の感覚に、耐えているようだ。

濡れた指はすんなりと入っていき、中で動かすと、ぐちゅりと音を立てた。さらに指を増やして中を解《ほぐ》していくたびに、恭平は体を強張らせて嬌声をもらす。

「ん、…う…っ…」

痛がる様子がないことに安心して、さらに指を奥に進めてしまう。『ここで終わらせないとだめだ』という理性と、『このまま自分のものにしたい』という欲望とで、柚希は頭がいっぱいになっていた。

「…ん…、橋本、さん…っ……！」

感じる快楽に、我慢しきれずもれる嬌声。痛そうな表情はしていないから、苦痛を感じているわけではなさそうだが、恭平の目からは涙があふれて止まらず、こぼれ落ちた。おそらくこれがどんな意味を持って行われているものなのか、なんとなく察しがついているはずだが、それでもその答えを求めるような目で、振り返って柚希を見上げた。

「…、……恭平…ッ」

求めるようにぎゅうっと恭平をうしろから抱き締めて、こらえきれずに柚希は恭平の名前を呼んだ。充分に解《ほぐ》した中から指を抜いて、柚希は自分自身を恭平の秘孔に押しあてた。熱い昂りを直《じか》に感じてか、恭平はつい体に力を入れてしまう。柚希は恭平の腰を摑んだまま、ゆっくりと、秘孔にそれを埋め込んだ。

「っあ、ん――……っ」

熱い昂りが、音を立てながらゆっくりと恭平の奥に侵入して、恭平は体を震わせてそれに耐えていた。目から生理的な涙がこぼれて、ソファを濡らしていく。

「っ、恭平……！」

「…く、…あっ…」

愛おしくて、低く甘い声で恭平の名前を呼ぶ。恭平の背中に自分の体を合わせて、体重をかけていく。同時に、奥深くまで自身で犯していく快楽に、体温がさらに上がっていく。

ようやく奥まで自身を挿《い》れると、柚希は苦しそうに息をついて、体を少しだけ上げた。恭平はうつむいたまま、汗ばむ体を震わせて押し黙っている。

「…ごめん、…ちょっと動く…っ」

謝りながらも、もう止めることはできなかった。腰を摑んでゆっくりと自身を引き抜き、奥を突くと、恭平は体を強張らせた。

「ん、う……っ」

奥をうがつたびに、淫《みだ》らな水音が耳を犯してくる。徐々に柚希自身が体積を増して、恭平の中を圧迫した。

「あっ、う……橋も…と、さん…っ」

熱いもので内壁《ないへき》を擦られ、圧《お》されて、徐々に黙っていることができなくなるのか、かすれた声で柚希を呼んで、恭平自身も再び昂っていく。

「く……っ」

恭平が痛くないようにと、ゆっくりと突いていたものの、それは続かなかった。徐々に腰を打ちつける動きが速くなっていき、恭平の体を揺さぶりだす。

「ひっ…あ、んん…！」

「恭…平…ッ」

恭平の声だけでは耐えきれなくて、どうしても、顔が見たくなった。どんな顔をして、自分を受け入れてくれているのだろう。本当は怖がらせたくないから、見えないようにしていたのだけれど——。

戸惑う手を伸ばして、恭平の肩に触れようとした、瞬間。

「…っこの、体勢…つらい…ッ」

苦しそうに息を吐きながら、恭平が小さい声で言った。ずっと膝を立てて、柚希の律動《りつどう》に耐えていたからだろう。そう思った柚希は、恭平の体を片手でうしろから抱き上げた。

「…じゃあ、このまま抱っこして…」

「ちが、……そうじゃなくて…っ」

「え…？」

このまま起き上がって、恭平の体を、自分の膝の上に乗せる体勢に変えようと考えていた。しかし、それを途中で止められてしまう。恭平の言いたいことがわからなくて、柚希は恭平に言葉をうながすように間を作った。

しかし、恭平はとたんになにも言わなくなってしまう。どう聞いていいのかわからず、柚希も一緒になって黙っていると、ようやく恭平がぽつりとつぶやいた。

「これ、だと……ない…」

「…ん？　なに…？」

　聞き取れなくて、恭平の顔に耳を近づけて聞き返した。すると、恭平は少しだけ首をひねって、柚希の顔を見上げた。唇を噛んだ泣きそうな顔でにらまれて、柚希はおどろいてドキッとしてしまう。

「〜〜だから！　これだと、…アンタの顔が見れなくて…すごい不安になんだよ…っ！」

　まさか、言わされるとは思っていなかったのだろう。ぜんぶ言い終えると、恭平はカーッと顔を真っ赤にした。なにか言い訳をしようとしているのか、何度か口を開きかけるが、すぐにやめてうつむいてしまった。

「…ええっ？」

　柚希と同じように、恭平も顔を見たいと思ってくれていたという事実に、柚希まで頬を赤くして言葉を失ってしまう。

　恭平の言葉や行動には、いつもおどろかされてばかりだ。自分の性癖や気持ちは、だれにでも受け入れられるものなんかじゃない——そう悟ったからこそ、いつもあきらめてばかりだった。それなのに恭平はいつも、自分が戸惑って立ち止まっている場所を飛び越えて、なんでもないことだと言って、背中を押してくれた。そうやって受け入れてくれる恭平に、戸惑いはいとも簡単に、とけ落ちていく。

「わっ…」

恭平の腕を引っ張って、仰向けに押し倒す。そして、恭平の髪を優しく撫でて、おでこに触れる程度のキスをした。すると、おどろいて体を強張らせてしまったものの、恭平は照れたように視線を泳がせた。

「可愛く喘《あえ》いでいるときの顔、見せてくれるんだ？」

「!? そ、そういう意味じゃ…あっ、う、…いきなり…ッ」

恭平の両脚の膝裏を摑み上げて、腰を上げさせる。そして、昂ったままの熱をまた、恭平の中にゆっくりと挿れていく。先ほどの行為で、充分に熱く解された中は、簡単に柚希自身を受け入れていく。体勢を変えたことで、さらに奥まで自身を突き入れることができる。恭平は拳をぎゅっと握って、強い圧迫感に耐えていた。

「っは…、ん…う」

柚希から顔をそらしたまま、恭平は必死に息をついて体を震わせた。痛そうな表情をすることはなく、顔を赤くしたまま、襲ってくる快楽に耐えているようだった。

「…ひ、っ…ちょ…っと橋本さ…ッ」

その表情に、柚希は込み上げる感情を留《とど》めておくことができず、さらに強く律動して恭平の体を揺さぶってしまう。

つらそうに拳を握る恭平の手を引いて、自分の体にしがみつかせる。少し戸惑っているようで、力

を入れず、うながされるままに背中に手を回していた恭平が、徐々に力を込めて、ぎゅうっと柚希の体に抱きつく。

「ッ、……っ」

乱れる呼吸や、律動にともなう水音が、徐々に大きくなっていく。体の芯に熱が集中して、柚希が苦しそうに息をしていると、恭平も限界が近いらしく、小さい声で叫んだ。

「はぁっ、う、俺…もう…ッ」

我慢しなくていいのにと、強情にもイくことをまだ恥ずかしがって我慢する恭平に、クスッと笑ってしまう。そして、恭平を抱いていた片方の手を離して、探るように恭平の肌に触れた。

「…、？　橋本、さ…あッ」

包み込むように触れた恭平自身は、すっかり勃《た》ち上がり、先走りをこぼして今にも射精してしまいそうになっていた。ゆるゆると擦って煽る。

「や…いいっ、いいから…ん…っ」

恭平は、あわてて柚希をやめさせようと声を上げる。しかし、今さらやめることなどはできない。恭平も、言葉では拒みながら止められないようで、柚希の体に抱きついて背中に爪を立てている。同時に、窄《すぼ》まりが強張って、柚希自身を刺激する。

「……っ…く…！」

恭平の体を強く片手で抱き締めて、先ほどよりも強く律動して、昂りで何度も奥を突き上げてしまう。その衝撃に耐えきれず、恭平は背中をそらして――。

「あっ、んん、…んぅ…――ッ…！」

突き上げていた内壁も、柚希自身を刺激するように強張った。柚希もほぼ同時に、熱を吐き出してしまう。

柚希に抱きついていた手が力なく離れて、恭平はソファにぐったりと体をあずけた。ゆっくりと柚希が恭平の中から性器を引き抜くと、残った熱が窄まりからこぼれる。その感触に、恭平は体を震わせてしまう。

疲れてそのまま眠ってしまいそうな恭平を組み敷いた格好のまま、柚希は愛おしそうにその頬に触れる。体を動かすことはできないようで、恭平は視線だけ柚希に向けた。

――今までずっと、自分の本質がバレることが怖くて仕方なくて、自分のことをごまかして生きてきた。でも、セーラー服が大好きで、似合いもしないくせに着たいと思っているのが、自分なんだ。

そうやって、自分を受け入れられたのは、きっと――ぜったいに、恭平がいてくれたからだ。

「…ねぇ…恭平」

「なに…？」

…結局、まだ、恭平に言えていなかったことがある。恭平はちゃんと伝えてくれたのだから……。

――自分だって、ちゃんと伝えたいと思った。

「大好き。恋人に、なってくれる？」

いつになく真剣に、緊張して伝えた言葉を聞いて、恭平が一瞬おどろいたように目を丸くした。そして、めったに笑わない恭平が照れくさそうに、はにかんで笑った。

セーラー服を着せたい

それは、ひみつの時間。厳しくつらい世間で疲弊した心を癒《いや》す、幸せのひとときに。大好きな恋人との逢瀬《おうせ》にも似た、甘い胸の高鳴り。

「……やっちゃった」

両手の人差し指と親指でそれをつまんで、鏡に映《うつ》る自分の姿に重ねる。はあ、と深くため息をついて、床に座り込んだ。

そのため息は、これを買ってしまった自分への叱責でもあるし、手にしたそれの、あまりの愛らしさに対する感嘆でもあった。

（…仕方ないじゃない！　浮かれてたんだから！）

だれかに叱られたわけでもないのに、うしろめたくなった柚希《ゆずき》は、頭を横に振って心の中で言い訳をした。そして、両手でつまんでいたもの——紺色の襟やスカートに、赤いリボンが愛らしいセーラー服を、鏡の前に立つ自分の体に、もう一度重ねた。

——恭平《きょうへい》と思いが通じて、数日。

初めて感じる、満たされた気持ちに支配され、たしかに柚希は浮かれていた。嫌みばかり言う憎たらしい上司に理不尽に怒られたときも、いつも以上に爽やかな笑顔でかわしたし、別部署の肉食系女子たちに囲まれて、私生活について質問攻めをされたときも、さしさわりなく返すことができた。

そう、柚希は今、幸せだった。その幸せな気持ちで、つい、やってしまったのだ。

（やっぱり、セーラー服って可愛《かわい》い……！）

筋肉質で声も低い、二十六歳の立派なサラリーマンが、通信販売で自分の体に似合う大きなセーラー服をオーダーする。それが今朝、ようやく自宅に届いたのだ。

学生のころから、憧れていたセーラー服。ときどき、女性の服を通販で購入してしまうことはあったものの、セーラー服だけは今までずっと、買えずにいた。

それは憧れであると同時に、高校時代のつらい思い出の象徴でもあったからだ。

大好きだった幼馴染《おさなな じ》みにセーラー服を着て告白し、『気持ち悪い』なんて言われてフラれたあげく、言いふらされて卒業までひとりぼっちだった。そのつらい出来事を思い出すことがいやで、ずっと手に入れられなかった。

それなのに、大好きな恭平に受け入れてもらえたことがうれしくて、ようやく今日、憧れを手にすることができた。今までは、セーラー服を着る女子高生を見かけるたびに、いやな思い出がよぎってばかりだったのに。手にしたそれはとても愛らしくて、幸せでいっぱいになる。

こんな気持ちになれたのも、きっと恭平のおかげだ。

セーラー服を着たとしても、柚希が女性になれることはない。それでもこうやって自宅で、それを着た女性らしい自分が街を歩く姿を想像するだけで、胸が高鳴った。

背徳感にドキドキしながら、鏡に映る自分の姿を見つめる。優男《やさおとこ》ふうの顔に、広い肩幅。着ている部屋着用のパーカーは、本当は可愛いパステルカラーのものが欲しかったのに、店員に勧められるまま黒色の落ち着いた色合いのものを買ってしまった。

それは、自覚しているからだ。服は可愛らしいのに、自分の姿に重ねるとあまりよさは発揮されないということに。…セーラー服がなにかの罰ゲームにも見えてきた。

「…恭平なら、ぜったい似合うだろうなあ…」

服を見つめながら、なにげなしにつぶやいた。そうそう、恭平が着たら…と、もう一度つぶやく。

その瞬間、セーラー服を着て、恥ずかしそうに顔を真っ赤にする恭平の姿が脳内に浮かんだ。

「………！」

思わずセーラー服を抱き締めて、生唾を飲んでしまう。

…どうしよう。すごく可愛い。

『こんなの着せやがって』なんて悪態をつきながらも、しぶしぶ着てくれる。初めてはいたスカートが恥ずかしくて、必死に裾で足をかくそうとする。赤く染まる頬を撫《な》でれば、そらしていた瞳が柚希を見上げる。緑色の瞳が少し濡れていて、思わず――。

「……着せたい…！」

セーラー服を抱き締めながら、両手を胸の前で組んだ。先ほどまでの具体的な妄想に目を輝かせて、柚希は近くのソファに座った。

せめて、一回だけでもかまわない。恭平にセーラー服を着てもらいたい。ちょうどいいことに、今日はこれから、恭平が自宅に遊びに来ることになっている。

(でも、あの恭平が着てくれるわけないわよね……どうしたら着てくれるかな)

自分の横にセーラー服を置いて、今度は腕を組んで真剣な顔になる。セーラー服を着た恭平が見たいという欲望を抑《おさ》えきれず、どうしたら着てくれるのか、模索を始めてしまった。

(最近の流行なのよーって、だまして着せてみるとか?)

一つめの案を考え出したものの、すぐに眉をひそめて顔を横に振る。素直な恭平をだますなんて、してはいけない。それに、いくらだまされやすい恭平でも、さすがにこれはムリだろう。

ソファに置いてある大きなクッションを拾い上げて、両手で抱き締める。そのクッションの上にあごを置いて、じっと横のセーラー服を見つめた。その表情は、企画書を真剣に見つめる仕事中の柚希とまったく同じだ。

(…セーラー服を着てくださいって、土下座して頼み込むとか?)

なかなかいい案が思いつかなくて、頼むという正攻法で攻めることにした。土下座をすれば、もしかしたらと想像をしてみる。

青い顔で、気まずそうに柚希から視線をそらしながら、いやいやセーラー服を着てくれる恭平が脳裏に浮かぶ。柚希はすぐに引きつり笑いをして、顔を横に振った。

（恭平はぶっきらぼうに見えていい子だから、土下座したら気を遣《つか》って着てくれると思うけど…そのあとちょっと、気まずいわね…）

抱き締めているクッションに顔を埋《うず》める。ほかにいい案はないものだろうか。しずかなリビングで、窓からもれる陽の光を浴びているせいもあり、眠気に襲われて、目を閉じてしまう。

（…正攻法がダメなら、ちょっと強引に服を脱がせて、セーラー服を着せるとか…？）

ぼんやりした頭で、その光景を想像した。

着たくないと、涙目でいやがる恭平の両腕を摑《つか》んで、ベッドに押し倒す。服の裾を、片手でゆっくりと押し上げるたび、顔を背けている恭平の体が震える。ゆっくりと時間をかけて服を脱がせて、ついでに背中にキスを落とすと、恭平は緊張したように息を呑む。優しく腕を引いて体を起こし、うしろから抱き込んで、両足をスカートに差し入れる。するすると、震える足がスカートの裾から姿を現した。羞恥心に耐えられなくなった恭平は、朱に染まった頰を手でかくして…。

そこまで想像して、柚希は顔を青くして飛び起きる。眠気はすぐに覚めてしまった。

（いや！　だめよ！　これはだめ、犯罪！　それに、恭平に嫌われちゃうわよ！）

いつの間にか、ちぎれそうなほどに強く両手で引っ張っていたクッションを床に投げ捨てて、勢いよく立ち上がる。

ひどい妄想をしてしまった。罪悪感に襲われて、柚希はソファに体育座りをして懺悔《ざんげ》を始める。

落ち込んでいると、玄関のほうからインターホンの鳴る音が響いた。

（……恭平だ……！）

顔を上げて、頬《ほお》をゆるませる。そういえば、以前自宅に招いた日以降はなかなか時間が合わなくて、電話ばかりしていた。久しぶりに恭平と会える。せっかくだから、今日は美味《おい》しいご飯を作ってあげよう。

ソファから立ち上がり、リビングを出て玄関に急ぐ。玄関にあるインターホンの画面をのぞき込むと、やはり訪問者は恭平だった。

今日は土曜日だから、おそらく学校で行われている午前中の講習の帰りなのだろう。ブレザーの制服を着ていて、寒そうにマフラーを巻いていた。制服のポケットに両手を突っ込んで立っているが、緊張はかくれていない。口を真一文字に結び、きょろきょろと視線を泳がせて、ときどきインターホンのカメラを見上げては、すぐに視線を落としている。

（…ブレザー姿も、可愛いのよねぇ…）

先ほどの妄想の延長戦で、ブレザー姿の恭平が艶《なま》めかしく乱れる姿を妄想してしまう。あわてて、それを断ち切るように顔を横に振った。

ふう、と息をついて、扉の鍵を開ける。

「ごめん、お待たせ！　入って入って」

扉を開けると、恭平が気づいて柚希を見上げた。口元をかくすマフラーを片手で少し下げて、恭平は軽く会釈をする。そして、遠慮がちに玄関に入った。やはり緊張しているようで、そわそわとぎこちない動作で扉を閉めている。可愛いな、なんて思いながら、柚希は恭平をリビングに案内した。

「お茶用意するから、ソファに座って待っててね」

上機嫌で告げて、リビングに入るとソファを指さす。そのソファには、先ほどまで柚希が妄想を巡らせていたセーラー服が、どどんと広げられていた。

思わず笑顔のまま、表情が固まった。

これは、恭平でエロい妄想をしていたことに対する、神様からの罰なのだろうか。ちょっとした、スキンシップのつもりだったというのに。…そういえばこの間ニュースで報道された痴漢の被疑者が、同じようなことを言っていた気がする。

「…わあああ!?」

すぐにハッとして、柚希は真っ赤になってソファに走り寄った。あわててセーラー服をかくそうとしたが、あとのまつり。柚希は顔を引きつらせながら、おそるおそる恭平を見上げた。

恭平はと言うと、きょとんとした顔で柚希が抱き締めているセーラー服を見ている。

…まずい。とんでもない妄想をしていたことがバレる。思い出さなくてもいいのに、先ほどの妄想が脳内を駆け巡り、血の気が引く。

すると、恭平はまばたきをして、柚希が抱き締めているセーラー服を指さした。

「……それ、」

「ちがう！　ちがうの！　恭平に着てもらえたら可愛いし、うれしいなって、べつにそれだけで……！」

「着て…!?」

あわてて言い訳をしていると、恭平はおどろいた顔で聞き返した。

「え？　……え？」

エロい妄想をしていたことがバレたのかと思っていたが、どうやらそうではなかったらしい。

逆に、言い訳をしたことで、恭平に着てもらいたいと考えていたことが、バレてしまったようだ。

（…あたしのばか――!!）

墓穴を掘ってしまい、言い訳のしようがなくなってしまう。力なく床に座り込み、これからのことを想像した。

きっと、恭平は怒っているだろう。どうやって機嫌を直してもらおうか。まずはちゃんと、本当のことを言って謝らなければいけない。

「……だけ、なら」

しずまり返っていた室内で、恭平がようやく言葉を発した。黙ったまま動かないため、怒っているだろうと想像していた柚希は、おどろいて恭平を見上げる。

「…恭平？」

言葉が聞き取れなくて、名前を呼んだ。恭平は戸惑《とまど》ったように視線をそらすが、ゆっくり柚希の横に座ると、また小さい声で話した。

「…一回だけなら…、着てもいい」

マフラーに顔を埋めて、恭平はうつむいていた。しかし、耳まで真っ赤になっている様子を見て、恭平のこの返事は本気だということを悟る。

「着たい…の？」

まさか、そんな返事をもらえるなんて思っていなかった柚希は、つい聞き返してしまう。すると、恭平はあわてて顔を上げた。

「ちがう、着たくない！　恥ずかしいっつーの！　俺なんて、似合わねーし！」

ぶるぶると顔を横に振って、言い返される。じゃあ、なんで着てくれるんだろう。恭平の言いたいことが伝わらなくて、考え込んでしまう。

不思議そうにしている柚希に気づいたようだ。恭平はなにかを言おうと口を開きかけるが、すぐに閉じてしまう。

しかし、意を決したようにたどたどしく話した。

「…でも…橋本《はしもと》さんがうれしいんなら、……一回だけなら着ても、いい」

「……え…？」

うつむいて、恥ずかしさを押し殺しているように恭平は小声でつぶやく。

柚希が喜ぶ姿を見たくて、恥ずかしくて仕方ないのに、セーラー服を着てくれるというのだ。

まさか、そんなことを言ってもらえるなんて、夢にも思っていなかった。どう反応すべきかわからなくて、恭平につられて柚希まで真っ赤になってしまう。無言で恭平を見つめていると、恭平が柚希に視線を合わせた。

「………っ」

しずまり返ったリビングで、互いに顔を赤くして見つめ合ってしまう。なにか言えばいいのに、言葉が思いつかない。心臓が大きく高鳴って、息が苦しい。いや、この音は恭平の心臓の音なのだろうか。それすらも判断がつかなくなるくらい、動揺していた。

言葉では言い表せない気持ちを伝えたくて、柚希は恭平の手を握った。びくりと恭平が肩を震わせたが、振り払おうとはしない。そのままゆっくりと手を引いて、自分のほうに引き寄せた。

抱き込めてしまえるほどの体は、緊張したように固くなっている。自分の心臓の音に重なって、服越しに恭平の心臓の音も伝わってくる。同じくらいの大きさの鼓動《こどう》が心地よくて、両手で恭平の体を抱き締めた。

表情は見えないけれど、恭平は拒もうとせず、遠慮がちに柚希に体を寄せる。やわらかい金色の髪が首筋に触れて、とても心地よい。

（……ヤバい。恭平が可愛いすぎて、好きすぎて、あたし…死んでしまうんじゃないの）

この可愛い生き物、どうしたらいいですか。

柚希は心の中でそうつぶやきながら、恭平のあごを指ですくう。おどろいたような顔の恭平を見つめて、抱えきれないほどの幸せな気持ちで、心がいっぱいになる。

そんな甘い空気に乗せられて、ちゅっと恭平の唇にキスをした。

ウエディングドレスに触れさせて

1.

春が徐々に近づいているものの、夕方の駅前はまだ寒い。柚希《ゆずき》は着ていたコートの襟を直して、両腕を組んだ。こうすることで寒さを少しでも解消できるかと思ったが、とつぜん冷たい風が吹いて、柚希はぶるっと身震いをする。

ふう、とため息をついて、周囲を見渡した。すでに日は暮れているのに、駅前はたくさんの人が行き交っている。平日だからだろうか。自分と同じように、帰宅途中と思われるサラリーマンやＯＬが多い。

待ち合わせ場所に指定した改札口前で、柚希は無意識のうちに、可愛《かわい》らしい洋服を着ている女性の姿を目で追ってしまう。

流行のフレアスカートに、もこもこで女の子らしいアイボリーのコート、シンプルな黒のニーハイブーツ。なにげなく見ていると、視線に気づいたのか女性がちらっと柚希を見やる。

まずい、つい見つめてしまった。相手の女性からしたら、きっと不審《ふしん》に感じただろうと反省し、柚希は軽く頭を下げて謝った。すると、女性はふいと視線をそらして、一緒に歩いていた女性とひそひそ話しながら去っていく。

…やはり、変に思われたのだろう。

周囲を見ることをやめて、コートのポケットに入れていたスマホを取り出す。片手でそれを操作して、先日撮ったばかりの写真を画面に映《うつ》した。

「……あの、すみません」

写真に見入っていると、横から声をかけられる。見ると、先ほどの女性ふたりが柚希を見上げていた。

もしかして先ほどのことに気を悪くして、文句を言いに来たのだろうか。やましい気持ちはなかったとはいえ、まずいことをしてしまったと思い、女性たちのほうに体を向けた。

「さっき、私たちのこと見ていましたよね…？」

「すみません、気分を悪くされましたよね」

カバンにスマホを仕舞い、お辞儀をして謝ろうとすると、女性たちはあわてて両手を振った。

「いえっ、ちがうんです！　その…私たち、貴方のこと素敵だよねって話していて…」

女性は頬《ほお》を軽く染め、片手を口元にあてて視線を泳がせた。そして、上目遣《うわめづか》いで柚希をじっと見つめる。

ふわふわの髪に、ピンク色のグロス。甘い香りを漂わせて、目の前の標的を見つめるその姿は、自分の職場でもたまに出会う、肉食系女子のそれであることを悟る。

こういった女性に出会ったとき、どうしたらいいのか、柚希は心得ていた。自分が見定められた獲物であるにもかかわらず、さらりとその牙《きば》をかわす。

「そうですか。知人に似ていたものですから、かんちがいしてしまって」

相手の放った攻撃の意図を理解していないふりで、にこりと爽やかに笑う。

コートでかくれた暗い紺色のスーツは、すらりと伸びた背に似合う。カフェラテ色をしたさらさらの髪と、優しげな瞳をした柚希は、職場で使っているおだやかな口調で女性に言葉を返した。

すると、女性たちは話を流されたことに気を悪くするでもなく、柚希の笑顔に頬を染めた。たいていの女性は、こういった柚希の対応に対して空気を読んで、怒るでも悲しむでもなく、気を悪くせずその場を去ってくれる。

柚希がこういった女性の扱いに長《た》けていることには、大きな理由があった。

(…ほんとは、あたしも着てみたいなって思ってたんだけどね)

笑顔を女性たちに向けて、柚希は目の前の女性が身につけた愛らしい洋服を、さりげなく見る。そして、思わず頬を染めて、胸の前で両手を組んでしまいそうになり、グッと我慢した。

——そう。柚希はオカマのサラリーマンだった。

心が女性である柚希は、こういう問いかけをされたとき、どのように返事をすれば女性が気を悪くしないまま去ってくれるか、想像がつく。

勇気を出して声をかけたとき、相手からいやそうなそぶりをされれば傷つくだろうし、かと言って、断りたいといった気持ちが見え見えにもかかわらず、気を遣って付き合ってもらっても腹が立つ。応える気持ちがないことを、わざと気づいていないそぶりで答えることで、相手はそれ以上話しかけてきづらくなるだろうし、さしさわりないやり取りで去ってもらえる。

それに今日は、どうしても早く、このやり取りを終わらせなければならない予定がある。待ち合わせ時間が近づいているのだ。

しかし、今回の相手は手強《てごわ》かった。柚希のガードに動じた様子があったものの、すぐに柚希に視線を戻した。

「…あの！　も、もしよかったら、私たちとお茶しませんか…？」

上目遣いで見つめるその瞳は、戦闘態勢そのもの。相手が本気で自分を誘おうとしていることに気づき、笑顔を崩さず、すぐに返事をした。

「すみません、これから用事があるので…」

「そうなんですか…。あの、ちょっとだけでも…それか後日でもいいので、連絡先教えてください…！」

瞳をうるうるさせながら柚希に体を寄せて、本気モードで迫る。ここではっきり断ってしまえば、女性たちは恥をかいてしまうだろうし、どう告げるべきか。女性たちから視線をそらして、考えを巡らせる。

「…あ」

「え？」

歩道の向かいの信号機前にいる、制服を着た高校生が視界に映る。大きめのチェックのマフラーを首に巻き、ブレザーの制服を着た金髪の青年が、柚希のほうを茫然《ぼうぜん》と見つめているのがわかった。

（…恭平《きょうへい》だ…！）

恭平は柚希と視線が合うと、ハッとしたように目を見張り、すぐにじとりと女性たちを見やった。信号が青になったというのに、それにも気づかない。感情を表に出すまいと唇を噛《か》んで、身じろぎもせず女性たちを見ている。

肩を少し強張《こわば》らせている様が、まさしく毛を逆立《さかだ》てた警戒心ばりばりの猫のようだ。

「ほんとにすみません、これからデートだから」

女性たちに恥をかかせないよう断るつもりだったのに、恭平の姿を見たらそれどころではなくなった。

早く恭平と話したい。その一心で、女性たちにはっきりと告げてしまう。

「え、あの…」

「…もう行こ、ムリそうだって…！」

それでも名残惜しそうにする女性を、もう片方の女性が引っ張って、ようやくその場から去ってくれた。足早に去っていくその姿を見送ると、点滅を始めた青信号の歩道を走って渡り、恭平のもとまで駆け寄る。

「は、橋本《はしもと》さ…」

「恭平！　会いたかったーっ！」

先ほどのやり取りが気になっている様子の恭平は、肩を強張らせたままだった。しかし、久しぶりにデートする予定を組んで、待ち合わせをしていた恭平と会えたことがうれしい柚希は、気づかない。

恭平の両手をぎゅっと握って、喜びをかくさず表現する。周りに歩行者がいるにもかかわらず、内股《うちまた》になっていることにも、気づいていない。

おどろいたように目を見開いて、恭平は柚希を見上げた。先ほどの女性たちとのいきさつについて、心配する必要もなかったことに気づいた恭平は、加えて柚希のオーバーすぎる愛情表現に、みるみるうちに顔を真っ赤にしていく。

「ちょ…なんだよ、こないだ会ったばっかりだろ…」

「なに言ってんの、二週間だよ！　テスト期間だって聞いてたから、電話も我慢してたんだからね…！」

「我慢って、べつにそんなの…。つか、ここ人前！」

我慢しなくていい、と言いかけたようだった。恭平はもごもごと早口で話題を変えて、柚希から視線をそらす。

人前だ、と文句を言っても、恭平は両手を握る柚希の手を振り払おうとしない。

二週間ぶりに会えたことに喜んでいるのは、恭平も同じなのだろう。それがうれしくて、恭平を笑顔で見つめた。

可愛らしい洋服を着ることも、お気に入りのカフェで甘いケーキを堂々と食べることも、大事な憧れだけれど。

（やっぱり、恭平と一緒に過ごすことが、一番幸せだわ）

寒くて仕方ない駅前での待ち時間すらも、柚希には愛《いと》おしい時間だった。


生クリームたっぷりの、甘いイチゴのショートケーキ。ハート形に描かれたチョコレートソースが白いお皿を彩っていて、乙女らしい雰囲気が漂う。せまい店内には、レースのカーテンや可愛らしい雑貨が飾りつけられている。周囲を見渡せば、恋の話に華を咲かせる女子高校生や、仕事帰りにお楽しみの時間を堪能するＯＬなど、たくさんの女性が集っている。

いかにも女性専用なカフェで、サラリーマンと男子高校生の異様な組み合わせは、浮いていた。周囲の女子高校生やＯＬたちは、こっそり柚希たちに視線を寄越《よこ》して、くすくすと笑っている。

『…こないだ、橋本さんが気になるって言ってた店、行く？』

どこでお茶をしようか、道を歩きながら恭平に相談すると、恭平が思わぬ提案をしてくれた。ネットで見つけたこのカフェが気になっていたが、どうしてもひとりでは行けなくて、かといって一緒に行ってくれる人もいなくて、あきらめていた。恭平と一緒なら行けると思い、おかげで憧れのカフェに足を運ぶことができた。

「はああ…甘い…」

小さいスプーンでケーキをすくい、口に含む。ネットの掲示板で噂されていたとおり、好みの甘い味が口内に広がる。人前であるため、職場で使っている男性らしい仕草を忘れないよう意識していたが、思わずうっとりとして感嘆のため息をもらしてしまう。

あわてて咳払《せきばら》いをして表情を変えて、ふと、目の前に座る恭平を見る。

ケーキに夢中で気づかなかったが、恭平は頬を少し染め、片手で頬杖をつき、眉間にしわを寄せている。近くに座っている女子高校生が、こちらに視線を寄越していることに気づくと、恭平はさらにしわを深く寄せた。

まさか、ここまで乙女な雰囲気の店だと想像していなかったのだろう。

「…橋本さん…早く食べて、もう出よう…」

女子高校生の視線がいたたまれないようで、小声で嘆願した。いつかのレストランでのやり取りを思い出して、もう少し困らせて、可愛い反応を見たくなってしまう。

「せっかくだから、ゆっくりしたいけどなあ。恭平も一口どう？」

もう一度スプーンで生クリームをすくって、恭平の口元に差し出す。わざとらしく、爽やかな笑みで。

「な…っ」

顔を真っ赤にして、周囲を見回す。だれも見ていないことを確認して、恭平はそれを口にするか否《いな》か迷っているように視線を泳がせる。そして、すぐに柚希の手からスプーンを奪って、生クリームを口にした。

「あ…！　ちょっと、あーんってしたかったのに」

「やだよ、人前だろ…っ」

残念そうにつぶやくと、恭平はスプーンを咥《くわ》えたまま、もごもごと小声で返す。

人前でなきゃ、乗ってくれるんだ。わざとそう聞き返すこともできたけれど、恭平の反応に満足して、うれしくなって微笑《ほほえ》んだ。

——恋人と過ごす、カフェでの幸せな時間。まさか、自分がこんな時間を持てるなんて、昔の柚希は思ってもいなかった。

そういえば、と、柚希は思い出したようにつぶやいた。

「先週、山吹《やまぶき》部長の結婚式、行ってきたんだ」

「え…」

恭平と付き合う前、柚希が山吹部長を好きだったことを、恭平は知っている。今も憧れてはいるけれど、それは恋ではなく上司としてだ。

山吹部長の話をすると、恭平は顔を上げた。

「花嫁が着ていたウエディングドレス、シンプルだけど華やかでね。会場が、ちょっと遠いんだけどとなりの区の教会だったんだ。ほんと、キレイな花嫁だったなー…」

山吹部長のとなりに立っていた、凛《りん》としてキレイな純白の花嫁の姿を思い浮かべる。ステンドグラスからもれる光に照らされた、幸せそうなふたり。

あんなに好きだった部長が、花嫁と並んで笑っている姿を見ても、自然にお祝いの言葉を伝えることができた。

(昔のあたしだったら、ぜったい言えなかった…恭平を好きになれたおかげだよね)

立ち直れないくらいに落ち込んで、自分が一生着ることのできない衣装に恋い焦がれ、二度とだれも好きになりたくないなんて考えて、ふさぎ込んでいたはずだ。

それなのに、今は自然に、ふたりが幸せそうでよかったと思えている。

そのままの自分を好きだと言ってくれる恭平がいるから、ウエディングドレスに憧れる自分のことを、受け入れることができた。恭平の存在で、どれだけ自分が救われているんだろう。

「…橋本さん」

「ん？」

頬杖をついてぼんやりしていると、とつぜん恭平に話しかけられた。ハッとして、恭平を見る。

「橋本さんはその教会でドレス、着たいのか？」

恭平は咥えていたスプーンを皿に置いて、コーヒーカップの取っ手を指先でさわりながら、なにげない様子で聞いた。柚希はきょとんとした表情になり、その問いに答える。

「？　そうねえ、そりゃあ教会でウエディングドレスを着るの、女の夢だからね。あたし、男だけど。あはは」

「…ふーん」

周囲には聞こえないように、小声で冗談っぽく答える。しかし、恭平は笑うでもなく、無言でなにかを考え始めた。黙り込んでしまった恭平を見て、何度かまばたきをする。

「…恭平も着たいの？」

「は!?　や、やだよ！　俺は似合わない！」

もしかしてと思ったが、恭平は両手を横に振って、必死に似合わないと主張する。

細いし、顔立ちもキレイだから、あたしよりは似合うと思う。…と言おうとしたが、自分の想像した恭平の姿があまりに可愛らしくて、ついでに官能的で。そんな想像をしてしまった罪悪感で、柚希は苦笑いをして言葉を呑《の》み込んだ。

「そうだ。今週末、ヒマかな？」

「え？」

「よかったら、一日使って遊びに行かない？　いつも仕事帰りばっかりで、時間いっぱい会える日がほとんどなかったし」

スプーンでケーキをすくい、口に含みながら提案した。付き合い始めたというのに、いつも仕事帰りの短い時間で会うばかりで、きちんとデートしたことがほとんどない。

しかし、実はこの提案は、初めてではなかった。

恭平は一瞬顔をしかめて、視線をそらす。その表情を見て、返事を想像する。きっと、いつもと同じように答えるのだろう。

「橋本さん、忙しいんだし…休みくらい、ちゃんと休んでよ」

遠慮がちに答えた返事は、やはりいつもと同じものだった。

「仕事は大丈夫だよ、あたしは恭平と…」

「俺も専門学校の試験が近いし、家で勉強しようと思ってるから…だから、橋本さんはゆっくり休んで」

そう告げると、この話は終わりと言わんばかりに、恭平は黙ってコーヒーを飲み始める。気を遣《つか》うように視線を泳がせているが、それ以上なにかを言おうとはしない。

（忙しいことなんて、べつに気にしてないのに…。そう言われちゃうと、無理には誘えないよね…）

いつもと同じようなやり取りだが、やはり気分は沈む。なんでもない顔をしながらも、心の中で肩を落とす。

恭平はきちんと高校に行くようになって、少し変わった。それも、とてもいい方向に。

居酒屋のアルバイトで興味を持った調理師の免許を取得するため、調理師関係の専門学校を進路の第一希望にして、勉強を頑張るようになった。その証拠に、卒業に必要な単位も取得できそうだという。同居している伯父に頼りきらず、自分でできることはしたいと、専門学校の学費もアルバイトで貯《た》めている。恭平は自分で話したとおり、今までの自分から変わろうと頑張っていることを、柚希も理解していた。

しかし、ひとつ気になっていることがあった。

（…なんで、あたしにも遠慮しちゃうんだろう）

恭平はもともと、自分の言いたいことをはっきり言うような性格ではない。それは、恋人の柚希に対しても同じだった。

いつも遠慮してわがままを言わないし、柚希が誘わないかぎり、柚希の都合を気にして自分から会う約束をしようとしない。本当にいやなことでなければ、いやとは言わずに受け入れてしまうことだって、ある。

落ち込んでいるときや、イライラしているときもたまにあって、仲の悪い伯父となにかあったんじゃないかと気になったこともある。しかし、恭平が自宅でのことを話してくれることもなくて、かといって、無理に聞き出すなんてことはしたくない。恭平のために、自分ができることはないんだと、柚希まで落ち込んだこともあった。

ケーキの最後の一口をスプーンでつついていると、恭平が柚希の様子をうかがうように、顔を少しだけ上げたことに気づく。先ほどのやり取りを気にしているようだ。

「ん？　どうしたの？」

「…や、なんでも…」

笑顔で声をかけると、恭平は安心したように肩の強張《こわば》りを解いて、椅子に深く座り直した。それを眺めながら、ケーキの最後の一口を頬張る。

（…好かれてはいると、思うんだけどなあ…）

自分に心を開いてくれていると思っているのに、甘えてくれない恭平のことが心配で、そして、少しさみしさも感じていた。

2.

「橋本先輩、聞きましたよ、新プロジェクトの副リーダーの話！」

会議で提案する予定の企画書をパソコンで作成していると、うしろから呼びかけられた。夢中でキーを打ち込んでいて、そういえば休憩も取っていないことを思い出す。キーボードを打つ手を止めて振り返った。

そこには、ふたりの後輩が目をキラキラさせて立っていた。

「おめでとうございます！」

「ぜったい先輩が選ばれると思ってたんですよ！」

自分のチームの後輩たちが、噂を聞きつけてお祝いを言いに来てくれたようだ。柚希は椅子から立ち上がると、笑顔でお礼を伝えた。

「ありがとう。俺も、まだあまり信じられないんだけどね」

――新プロジェクトの副リーダーに抜擢《ばってき》されたのは、つい先ほどのことだった。以前、プレゼンで発表した企画が通り、見事に副リーダーとしてプロジェクトに関われることが決まった。どうしてもこのプロジェクトに参加したかった柚希としては、うれしくてたまらない出来事だ。

その理由は――。

「コラボするのって、あの有名ブランドですよね？　いいなあ、あのブランドのウエディングドレス、女子の憧れなんですよ」

柚希の机の上に並べられたドレスのデザイン案を見て、後輩は頬をゆるませる。その言葉を聞いて、柚希はパッと表情を明るくさせ、送られてきたばかりのそのデザイン案を手に取る。

「そうっ…らしいね。これ、まだ決定じゃないんだけど、どれもキレイだよ」

思わず素《す》の自分で返事をしそうになり、咳払いをしながらデザイン案を後輩たちに見せた。

そう。女子の憧れ――柚希の憧れでもある有名ブランドとコラボして、そのブランドのウエディングドレスに似合う化粧品を開発、宣伝するという、この業界が好きで入った柚希としては、非常にやりがいのある仕事なのだ。

上司に企画の仕事をやってみないかと提案され、すぐに立候補することを決めた柚希は、普段の仕事が終わったあと、資料の収集やプレゼン資料の作成に明け暮れていた。

その努力の結果得られた仕事で、柚希は喜びで胸がいっぱいだ。

「――おい、橋本」

　後輩たちとドレスのデザイン案を眺めていると、うしろから低い声が聞こえる。その声を耳にして、柚希は笑顔を凍りつかせ、デザイン案を持つ手に力を込めてしまう。

　だめだ、顔に出してはいけない。自分に暗示をかけて、デザイン案を机の上に戻し、振り返る。なんでもない顔で、言葉を返した。

「…猪口《いぐち》部長、どうしました？」

　柚希たちのうしろにいたのは、猪口――以前柚希の上司であった山吹部長が昇進したことで、商品開発部の部長として他部署から異動してきた男だった。背が高く、顔もそれなりによくて仕事もできるため、一部の女子社員からモテていることを、柚希も知っている。

　しかし、柚希は正直、この上司が苦手だった。どうやらそれは柚希の後輩たちも同じようで、すぐに口を閉じて柚希のうしろに下がり、うつむいて立っている。

「お前、遊んでるヒマあるのかよ？　早く企画書直して、提出しろよ」

　高そうな黒のスーツと、派手なネクタイを身につけた猪口は、柚希の目をじっと見る。そして、柚希のうしろにいる後輩たちを見ると、鼻で笑った。

「…企画書、これから提出しに行こうかと思っていたんです。これなんですけど…」

　猪口の視線に気づき、うしろ手で後輩たちに手振りをして、この場から離れるよう伝える。すると、後輩たちは柚希を気にしながらも、会釈して離れていった。

仕事はできるが嫌味ったらしくて、遊びに夢中な男。

猪口には、そんな印象を抱いていた。女性社員たちの間では、とても手が早いから気をつけたほうがいいなんて噂もされているらしい。

自分の後輩たちにまで目をつけられることは、避けたい。パソコンの画面に映し出された企画書に注意をそらさせようと、画面を猪口のほうに向けた。すると、猪口は後輩たちから視線を移して、机に手をついて腰をかがめ、画面に見入る。じっと企画書を読む姿を見てほっとしていたが、猪口はすぐに顔を上げた。

「ところで橋本。お前、どっちに手を出したんだ？」

「…え？」

意味のわからない質問をされて、どの仕事のことなんだろうと考えあぐねる。しかし、先ほどの猪口の視線から、彼の言いたいことがわかり、思わず顔をしかめそうになる。

「なんのことですか？　…企画書でしたら、印刷して部長のデスクに提出しますね」

得意な愛想笑いを浮かべて、猪口から離れようとする。しかし、猪口が柚希の腕を摑《つか》んだために、それを阻まれてしまった。

「…ほんとマジメだな。お前、仕事ばっかりで彼女もいないいんだろ？　いい体してんだから、今のうちに遊んでおけよ」

ニヤニヤと笑い、嫌味たらしく小声で言われる。柚希は、顔に張りつけた笑顔を一瞬固まらせた。しかし、ここでキレてしまってはいけない。愛想笑いを崩さず、もう片方の手で猪口の腕をそっと離させる。

「猪口部長、あとで企画書をお届けしますので。ちょっと、休憩してきますね」

おだやかな口調で、ぴしゃりと返す。

丁寧に会釈をして、デスクを離れた。開発部のフロアから出ると、同じ階にある休憩室に向かう。だれもいないしずかな休憩室に入り、ガチャンと扉を閉める。

——そして。

(…っっなんなのセクハラオヤジ————ッッ!!)

ぶるぶると震える拳《こぶし》を両手で作り、怒りのあまりに体まで震わせた。張りつけていた愛想笑いを剝《は》がして、眉をひそめて小声で怒りの感情を吐き出した。

なにより苦手な理由は、ああやってセクハラ発言をしてくることだ。しかも今日は、可愛がっている後輩たちのことまで言われてしまった。

(顔がよくたって、性格があれじゃ最悪よ！　なによ『いい体』って、見るんじゃないわよ！　あたしが男だからセクハラにならないって、かんちがいしてんじゃないの!?)

じろじろと自分の体を余すところなく見られている様子を想像して、ぞっと背筋を凍らせる。思わず自分の両肩をぎゅっと抱き締めて、顔を青くした。

最悪なことに、今回のプロジェクトは猪口が企画・調整したもので、プロジェクトのリーダーも猪口が担っていた。

性格が悪いものの、それでも昇進できているのは、会社に必要な人材と認められるほどに仕事ができる上、その腕で会社に貢献してきたからなのだろう。悔しいが、そこは認めざるを得ない。

…疲れた。こんなに怒りっぽいのも、最近、残業ばかりだったせいもあるかもしれない。

「…恭平、会いたいな」

ため息をついて、ポケットに入れていたスマホを取り出した。落ち込んだ気持ちを、恭平に会って癒《いや》されたい。この間仕事帰りに会って、カフェでお茶をした日以来、顔を見ていない。スマホの発信画面を映したところで、恭平に言われたことを思い出す。

（…週末、会うの断られたばっかだったなあ…）

スマホを持ちながら少し迷って、肩を落としてポケットに仕舞う。

会いたい。でも、こんなに会いたい気持ちでいるのは、自分だけかもしれない。また恭平に、いらない遠慮をさせてしまうかもしれない。

それに、また恭平に断わられたときのことを考えると、さらに落ち込んでしまいそうだ。

（あー、だめ！　あたしまで気落ちしちゃって、どうすんのよ！　早く仕事を軌道に乗せて、忙しくないことを恭平にアピールすれば遠慮することなくなるかもだし、頑張ろう！）

顔を上げて、気持ちを入れ直すように自分へ気合いを入れた。


今日はきっと、厄日だ。ふたつのカバンを片腕に下げて、もう片方の腕で自分と同じくらいの背丈の男を引っ張りながら、柚希は引きつり笑いを浮かべる。

どうして自分ばかり、こんな目に遭うんだろう。自分の運の悪さを恨みたくなる。

「橋本は付き合い悪いから、今日も断ると思ってたんだけどな」

ふらりと体重をかけられ、思わず柚希は転びそうになる。外灯がついているとはいえ、深夜なので足元が暗くて見えづらい。休日出勤帰りで疲れている上に、こんな時間まで酒に付き合わされて、自分と同じくガタイのいい男に寄りかかられてしまえば、重くてふらつくのは当たり前だ。

「ちょっと、猪口部長…しっかりしてください」

腹が立って、つい口調を荒くしてしまう。しかし、猪口は柚希がイライラしていることに気づいていないようで、悪い、悪い、なんて言いながら上機嫌に笑った。

それもそうだ、と心の中で悪態をついた。でなければ、居酒屋にしつこく誘われていやがっている柚希を、無理やり週末の休日出勤帰りに引っ張り、さらに深夜まで二軒もはしごをさせるなどと強引なマネはしないだろう。

空気を読めないのか、はたまたあえて読まないのか。とにかく、どちらにしても早くこの場を去りたいことには変わりない。本当は今日、恭平とデートする気でいたのに、恭平には断られ、行きたくもない上司との飲みに誘われて、断れずに連れ歩かされる。

恭平とのやり取りのこともあって、気持ちがふさいでいた柚希は、内心うんざりしていた。しかし、上司に対してそれを表に出すことは、社会人として非常識だ。酔っぱらってふらふらしている上司を支えながら、愛想笑いを続けた。

「橋本ー」

「なんですか」

「お前、ほんとに女と遊んでないのかよ？」

急に名前を呼んできたと思ったら、今度はニヤニヤと笑って、猪口がずいっと体を寄せてきた。始まった。いつもこういう下世話な話題に持ち込んでくるのだから、本当にこの上司が苦手…というより、嫌いだ。

「部長、こないだ俺に言っていたでしょう、仕事ばっかりだって。俺はそのとおりですから」

適当にはぐらかして、この話題を終わらせようとした。背丈が同じくらいのため、体を寄せられると自動的に顔も近くなる。そらしたものの、またしても猪口はぐいぐいと近づいてくる。

「嘘だな…ほんとはどうなんだよ？　マジメなふりして、何人かいるんだろお？」

猪口が腕を大きく振り上げて、肩を組んできた。

本当はその手首を摑み、間髪入れず背負い投げをしてしまいたい。できることなら、今すぐに。

「いませんって。…ほら、タクシー来ましたから」

脳内で猪口に本気で技をかけながら、ようやく通りかかったタクシーに手を振る。

居酒屋の前を通り過ぎるたびに、『まだ飲むぞ』などと騒ぎ始める猪口をなだめるため、ずいぶん遠くまで歩いてきてしまった。おかげで、早めにシャッターを閉めてしまう店が並ぶ、人通りが少ない駅前通りに来てしまい、タクシーを見つけられずに困っていたところだ。

助かった。タクシーが近づいてきて、柚希たちがいる道路側に停《と》めようとする、寸前のことだった。

「おっと…っ」

「ちょっ…！」

ふらふらしていた猪口がバランスを崩して、足をすべらせた。タクシーに気を取られていた柚希は受け身が取れず、倒れてきた猪口の下敷きになり、側にあったガードレールに倒れ込む。なんとかガードレールに両手をついたため、転ぶことはなかった。

しかし、猪口の両手は転ばないように無意識に摑むところを求め、あろうことか柚希の尻を鷲摑《わしづか》みしていた。

「……〜〜〜……っっ!!?」

喉の奥から、声にならない叫び声がもれる。

嫌いな上司の手が、尻に。

ぞわぞわわっと鳥肌が立ち、顔を真っ青にして、猪口の体を強く押し退《の》けた。

「もう…っなんなのアンタ!?」

「なんなのあんた？」

「……な、なんなんですか猪口部長！　お酒に付き合うの、これっきりですからね！」

苛立《いらだ》ちに流されて口から女性言葉が出てしまい、すぐに言い直した。

まずい。バレていないだろうか…？

「ほんとクソマジメだなー、橋本は…いいだろ、女じゃねえんだからよぉ。それにしても、筋肉質な…あ、タクシー」

「………」

ぎろりと据わった目でにらむと、猪口は気づいているのかいないのか、わきわきと尻の感触を思い出しているように動かしていた両手を下ろした。そして、何事もなかったように、近くに停まったタクシーへ近づく。

この反応から考えると、どうやら酔っぱらって柚希の口調には気づかなかったようだ。安心したようなうんざりしたような、言いようもない感情でどっと疲れて、側にあるガードレールに腰を落とした。

「おい、こんな深夜に…ぜったいあれ、学生だろ」

「なに言ってるんですか。もうこんな時間なんですから、学生なんて…」

タクシーのドアが開き、ふらつきながら乗り込もうとしていた猪口が、急に体を起こした。眉間にしわを寄せたまま、顔を上げて周囲を見渡す。また適当なことを言って柚希をだまして、帰らないつもりだろう。なにもないことを説明して、この男を早く帰したい。

「…恭平⁉」

柚希がいる歩道の反対側の道で、外灯の下で見覚えのあるミリタリーコートに身を包んでいる青年が目に入る。背が低いきゃしゃな体に、フードをかぶり、ポケットに手を突っ込んでこちら側を見つめているのは、恭平だった。

どうして深夜に、こんなところにいるんだろう。だって今日は、家で勉強していると言っていたはずだ。バイトもない日だと聞いていたし、そもそもバイトだとしても遅すぎる時間だ。

「……！」

柚希の視線に気づいたようで、恭平はハッとしたようにまばたきをして、猪口を見た。そして、すぐに顔をそらして駅のほうへ向かって歩き始めてしまう。

「…部長、俺は電車で帰るので、タクシーはどうぞ」

「はあ？　もう終電が…おわっ！」

まだ文句を言っている猪口の肩をうしろから無理やり押して、タクシーの中に押し込む。タクシーの運転手は、こういった酔っぱらいに手を焼いている客に慣れているのだろう。「じゃあお客さん、行きますよ」と一言つぶやくと、猪口がぶつぶつ文句を言っているにもかかわらず、柚希に気を遣ってドアを閉めてくれた。運転手はぺこりとサードミラー越しに会釈すると、タクシーを発進させた。

「恭平！　ちょっと待って…！」

車が通っていないことを確認し、車道を走って渡り恭平のほうに駆け寄った。声をかけても振り向かず、歩き続ける恭平の肩を摑んで、止めさせる。

「なんでこんな深夜に、こんなところにいるのよ？」

初めて出会ったころ、恭平がバイト帰りにしつこいナンパに遭っていたことを思い出した。あのときのように、なにかトラブルではないかと考えて、血の気が引く。

「………」

柚希が聞いているのに、恭平は押し黙る。

不安がよぎり、焦った。恭平の両肩を強く引いてフードを脱がせると、自分のほうに向かせる。

「ねぇ、ちゃんと答えてよ？　なんでこんなところで…」

そこまで言って、思い出す。そういえばこの駅は、恭平の自宅が近いと聞いていた。もしかしてと思い、少し背をかがめて恭平の顔をのぞく。

「…伯父さんと、なにかあったの？」

「……！　いや…」

恭平から話してくれるまでは、聞かないようにしようと思っていたのに。

なにも話そうとしない恭平に、不安を感じた。その気持ちで、おそるおそる伯父の名を口にしてしまう。するとやはり恭平は反応した。

「……ケンカでもして、帰りづらくなった、とか……？」

「………」

なにも言わずに顔を背けてしまう恭平に、確信する。想像していたとおりのようだ。ようやく恭平がここにいる理由はわかったけれど、不安は大きくなるばかりだった。

「どうして、あたしに連絡してくれなかったの…？」

だめだ、止まらない。

伯父とケンカをして落ち込んでいるのだろう恭平に、追い打ちをかけたくない。なのに、どうしても言わずにはいられなかった。

「深夜にうろうろするのは危ないって、前に言ったじゃない…っ…なんであたしを頼ってくれないの!?」

不安と苛立ちが、次から次へと理性を飛び越えてしまう。恭平の両肩を摑んで、感情のままに怒鳴った。どうして恭平は、こんなときまで遠慮するんだろう。恭平にとって自分は、頼りにならない存在なのだろうか。

どうして、どうして。恭平の支えになりたいのに、そうなれない自分にも、苛立ちを感じた。

「あ…」

怒鳴ってしまったあとにハッとして、すぐに恭平の両肩を放した。少しだけ離れると、ようやく恭平が柚希のほうを見た。

揺れる瞳で柚希を見つめる恭平は、ひどく困ったような表情をしていた。

「……そんなことしたら、橋本さんの迷惑になる…俺のこと、呆《あき》れて嫌いに、なるだろ…？」

外灯の明かりに照らされて、震えそうなくらい小さな声でつぶやいた。

柚希に嫌われるのではないかと、怯《おび》えたような声だった。

「……っ」

茫然と立ち尽くして、恭平を見つめた。

弱いところを見せられたくらいで、呆れて嫌いになるような人間だと、恭平に思われていた。

「そんなこと、ない…っ」

どんな言葉を言ったら、伝わるんだろうか。だめだ、わからない。これまでだって伝えてきたつもりなのに、恭平にはまだ遠いんだ。

「……でも、…」

小さくつぶやくと、恭平は一気に表情を曇らせて、なにかを思い出しているように押し黙ってしまった。

「…今日はちゃんと、帰るから」

「あ、待……っ」

恭平は両手でぎゅっと拳を握り、それだけ言って踵《きびす》を返した。そのまま走って行ってしまう恭平のうしろ姿を、引き留められずに見送った。

3.

(怒鳴ったこと謝って、ちゃんと話、しなきゃだよね)

デスクの上に置いたスマホを手に取る。しかし、メールの画面を映すと、うなだれてスマホをまた戻した。

（でも会ったら、また同じことになるかもしれない…）

この行動を、いったい何度繰り返したことか。大きなため息をついて、デスクにあるパソコンの画面を見つめた。

——あの深夜の出来事から、だいぶ時間が経っていた。

恭平に会って話をしたくて、何度も電話やメールをしそうになったが、また同じことになってしまうかもしれないと、連絡を取れずにいる。

プロジェクトの仕事も落ち着き、少し時間を置いて気持ちを整理してから連絡したほうがいい。そう自分に言い聞かせて、恭平に会えない日々を過ごしていた。恭平からも連絡がないことが、追い打ちをかけるように気持ちを落ち込ませていた。

そしてようやく立案した企画書も通り、一段落がついた。しかし、それでも恭平に連絡を取る勇気が出なくて、ただ同じことを繰り返していたのだ。

「…だめだ、このままじゃ！」

「うわっ、どうしたんだよ橋本!?」

デスクに手を叩きつけ、勢いよく立ち上がると、ちょうど柚希に話しかけようとしていた猪口が、背後で両手を構えておどろいた顔をしていた。

柚希が険しい顔で振り返ると、猪口はその体勢で、さらに背をそらす。

「退社時間ですので、お先に失礼します」

「あ、あぁ、そうか」

はきはきとした口調で話し、軽く礼をすると、デスクの横に置いたカバンを摑んで急ぎ足でその場を立ち去る。その様子を見守っていたほかの社員たちは、とつぜんの行動が理解できずに、まばたきをして柚希の背を見送っていた。


学生時代、思い立ったらすぐに行動に出すぎだと、柔道部の先生に叱られたことがある。指導してくれた先生には申し訳ないが、決断したことはすぐにでも実行しなければ、機を逃してしまうと思う。その行動力は今も健在で、だからこそここに足を運んだのだ。

チャンスを逸して、恭平と気まずいまま、もう会えなくなるなんて最悪の事態にはしたくない。

会社近くの駅から二駅先にあるこの高校は、以前教えてもらった、恭平が通う学校だ。退社後に足を運んだため、部活動帰りの高校生が多い。体を冷やす寒さや、部活動での体の疲弊をものともしない元気な高校生たちは、楽しそうにはしゃぎながら校門をあとにしている。

以前、学校に通わないことが多かった恭平は、今でこそきちんと通学しているが、勉強が遅れたままだと話していた。それを取り戻し、卒業して希望している調理師の専門学校へ通うことを目標にして、担任の教師からの提案もあり、放課後や土曜日に行われている講習を受けるようになった。

帰宅してからも、休日も勉強しているようで、恭平が本気で変わろうと頑張っていることは、柚希も理解していた。きっと、担任の教師もわかっているのだろう。恭平が以前に見せてくれたノートには、担任の教師によって赤ペンで熱心に書かれたコメントがたくさんあった。

（たしか、そろそろ講習が終わる時間のはずだよね…）

人通りが多い校門前のベンチに座り、通り過ぎる学生たちの中に恭平がいないか、探した。校門前にサラリーマンがいれば、不審に思われるかもしれないと感じたが、今はそれどころではない。なるべく目立たないよう、膝の上に仕事の専門書を広げて読んでいるふりをしていた。

しかし、それがさらに目立つようで、通り過ぎる女子高校生たちがひそひそと会話をしていたが、柚希は気づいていない。それほど、必死だったのだ。

「…あ！」

校舎の玄関から出てくる、制服のポケットに手を突っ込んで歩く学生が視界に映る。金髪で目立つ上、ぱっちりした目でキレイな顔をしているのに、視線は伏せがちで仏頂面をしているものだから、周囲のにぎやかな高校生たちにまぎれてしまう。しかし、柚希はすぐに見つけることができた。

ベンチから立ち上がろうとしたところで、遠くにいる恭平が顔を上げる。そのまま、声をかけようと思っていた。

…思っていたのだが。

(…なんでかくれちゃうのよ、あたし――!!)

勝手に足が動き、急いで校門の陰にかくれてしまい、恭平の視界から消える。膝に広げていた専門書が、ベンチの下に悲しい様で落ちている。しかし、それを気にしている余裕はない。

(なんとかして、声をかけなきゃ)

こっそりと校門の陰から、校舎側をのぞく。すると、ちょうど恭平が近くまで歩いてきたところだった。

「瀬谷《せや》、またあしたー」

同じクラスの子だろうか。恭平の横を通り越した男子高校生の集団から、ひとりの学生が笑顔で恭平に手を振った。

すると、びくりと体を強張らせて学生のほうを見やり、恭平はぶっきらぼうに「おう」と返事をした。少し耳が赤いところを見ると、どう返事しようか迷って、緊張していた様子がわかる。

(うわ…照れてる可愛い〜っ!)

ほんわかするやり取りを校門の陰から眺めながら、内股になって両手を組んでしまう、二十六歳サラリーマンがここにひとり。

久しぶりに見る恭平の可愛い姿にときめきを我慢できず、もたもたしていると、横を通り過ぎる高校生たちに不審な目で見られていることに気づく。

「…っ」

まずい、このままでは不審者だ。すでに不審者になっていることに気づいていない柚希は、あわてでなんでもないふりをして校門の陰から出た。

「…橋本さん!?」

「わ…!?」

ちょうど校門前まで来ていた恭平と、ぶつかりそうになる。とつぜん現れた柚希に、恭平はおどろいて後ずさりをした。

自分のほうが大人なのだからと言い聞かせ、冷静に、真摯《しんし》に対応しようと考えていたはずだったのに。後ずさりをされて、そのまま逃げられてしまうのではと焦りが生じて、頭が真っ白になる。

恭平と仲直りをしたくて、たくさんの謝罪の言葉を頭の中で練習していたが、とたんに消えてなくなった。

話がしたい。とにかく、それだけでも伝えなければと思い、柚希は恭平の腕に手を伸ばす。

「あの、恭平…」

手が、恭平の腕に触れようとしていた。きっと、彼も焦っていたのだろう。恭平は息を呑んで、触れそうになった腕を、振り払った。

「あ…」

動揺したようにたじろぎ、柚希を見上げることができずに、恭平はまた一歩、うしろに下がる。

「…ねえ、あれ瀬谷くんだよね？」

「どうしたんだろ、あの人ってお兄さんかな…？」

恭平のうしろで、不思議そうに柚希と恭平のやり取りを見つめている女子高校生たちに気づく。恭平も気づいたようで、さらに動揺してうしろを見やった。

「…ごめ、俺……」

柚希に視線を合わせないまま、なにか言いたげにつぶやく。しかしどうしようもなくなったのか、恭平はなにも言わずに立ち去ろうと、踵を返した。

「…待って、恭平」

やめたほうがいいと、何度も自分に言い聞かせたというのに、衝動を止められない。

恭平が歩き出す前に、その腕を掴んだ。すると、ようやく恭平は足を止めて、柚希を見上げた。

避けられたらどうしよう。嫌われたくない、どう謝れば許してくれるだろう。そればかり考えて弱気だった自分の気持ちは、いつの間にか消え失せていた。

…いや、消え失せたのではない。どうしようもない苛立ちと不安に変わって、冷静さを保てなくなる。

「……！」

思わず、強い視線で恭平を見つめてしまう。それをにらまれているとかんちがいした様子の恭平は、びくっと肩を震わせる。

動揺した緑の瞳は、柚希から視線をそらせなくなっていた。

人通りが多い高校の校門前で話をするわけにもいかず、ほかにゆっくり話せる場所も思いつかなくて、柚希は自宅に恭平を招いた。

いつもだったら、ここは幸せの場所だった。恭平を招く約束をするたびに喜んで、念入りに掃除をしたり、後輩からおすそわけされた美味《おい》しいお菓子をテーブルに用意したりと、かくすことができない幸せな気持ちを、部屋中に飾った。いつだったか、こっそり発注した自分用のセーラー服を恭平に見られ、焦ってかくした思い出もある。けっきょく甘い雰囲気になって、触れた恭平の頬が温かかった思い出も、なつかしい。

それなのに、今はちがった。明かりをつけたというのに、広いリビングが暗く感じた。空気も重い。きっとそれは、自分の気持ちを表しているのだろう。

…まずい。こんな気持ちのまま恭平と話をしても、きっとうまくいかない。

衝動的に恭平を自宅に連れてきたものの、ようやく先ほどの自分の対応を思い出して、後悔する。冷静にならなければ、と、柚希は心の中で自分に言い聞かせた。

「ここに座ってて。部屋、暖かくするから」

恭平を怖がらせないよう、いつものように笑顔でソファに座るよう伝える。柚希の様子をうかがっているようで、恭平はなにも言わずにうなずく。そして、ゆっくりソファに座った。

エアコンのスイッチを入れると、コートを脱いでソファの背もたれに置く。そして恭平の横に座って、膝の上に両手を置き、話を聞く体勢を作る。同時にそれは、自分の気持ちを抑《おさ》えるための体勢でもあった。

まずは、話をしたいことを伝える。それから、恭平の気持ちを先に聞いて受け止めて、自分の気持ちを言う。繰り返し頭の中で練習したやり取りを思い出しながら、ようやく口を開いた。

「…ねぇ、どうしてこの間、あんなこと言ったの…？」

――どうして、うまくいかないんだろう。

大人な態度で優しく接して、この間は怒鳴ってごめんねと言いたい。それから、ただ自分に甘えてほしかっただけなんだと、気持ちを伝えたかっただけなのに。

そうしたいと思う行動とは逆に、感情が抑えられず、勝手に口が動いてしまう。それほどまでに、あの夜恭平に言われた言葉が、引っかかっていたのか。自分の気持ちすら、もうわからない。

「……」

恭平はうつむき、なにも話さない。きっと柚希の感情が伝わって、動揺して話せないのだろう。そうさせるほどに、柚希はめずらしく苛立ちをかくせずにいた。

(…だめだ、これじゃ…あたし、最低だ)

怯える恭平の姿を見て、罪悪感に襲われる。自分が勝手にイライラして、恭平を怖がらせている――。

「あたしが頼りないから？　だから、なにも言えないの？」

それなのに、止まらない。次から次へと不安と苛立ちが言葉に変わり、恭平を追いつめてしまう。

膝でぎゅっと拳を握って、震えそうになる足を止める。

黙っている恭平を見つめて、つぶやいた。これ以上、言葉を口にしてはいけない。どんなに探しても、出てくる言葉は恭平を傷つけることしかできないというのに。

「…あたしのこと、嫌いになった…？」

ようやく恭平は顔を上げると、悲痛な表情で柚希を見つめる。なにか言おうと口を開くが、息を呑むだけで、言えないようだった。

片手で自分の体を支えて、恭平は動揺したように柚希から距離を取った。しずかなリビングに、ソファと恭平の服が擦《こす》れる音が響く。

そのまま、離れていってしまう気がした。また顔をそらされたら、恭平が自分の側から、いなくなってしまうかもしれない——。

「……っ！」

抑えられない衝動は、両腕を伝って、きっと恭平にも伝わっていた。頭が考えることをやめて、ただ衝動的に、離れようとしていた恭平の腕を摑む。強引にその腕を引き、自分よりも小さな体を抱き締めた。

…恭平と出会っていなかったころの自分は、どうやって生きていたんだろう。

だれにも受け入れてもらえないさみしさや、自分を偽《いつわ》って生きる苦しさを、どうやってまぎらわせていたのだろう。

一生ひとりで生きていくんだと決めていたころの自分には、もう戻れない。恭平を好きになって、一緒に過ごした時間が、あのころの強さを脆《もろ》くしていった。

「…いやだ……、離したくない…っ」

両腕で抱き込めてしまうほどに細い体を、情けないほどにぎゅうっと強く抱き締めた。抱き締めれば、自分と同じように高鳴る鼓動《こどう》が伝わってきたのに、今は、怯える自分の拍動だけが耳に伝わって、恭平のそれはかき消されていく。

怖くて仕方なくて、目をつぶった。自分のことを嫌いになっても、ぜったい離さないから——口を開きかけたところで、抱き締めていた恭平が、おそるおそる両腕を伸ばそうとした。

「——…！」

恭平はその両腕で、柚希の体を押し返そうとしているのではないか。

今、感情に任せて怒鳴ってしまった日と同じようなことを、している。

「……あ…っ」

ハッとして、すぐに恭平の肩を掴み、体を離した。

離された恭平は両腕を伸ばしかけて、柚希を見上げる。怯えたような緑の瞳に、涙を浮かべて。

「…ごめん……」

思わず肩から手を離して、しかし恭平から目を離せずにぽつりとつぶやいた。

それ以上なにも言えずにいると、恭平は唇をぎゅっと噛《か》んで、伸ばしかけた両腕を引いた。ソファから立ち上がろうとしたが、両膝が震えてうまく立ち上がれず、転んでしまう。柚希は手を差し出そうとしたが、恭平はそれに気づかない。机に手をついて立ち上がると、足早にリビングから出ていった。

　玄関の扉が閉まる音が、響く。しずまり返った室内に、茫然としたままの柚希だけが残っていた。

4.

「おい、橋本？」

　何度目かの呼びかけで、ようやく柚希は顔を上げた。いぶかしげな表情をした猪口や、不思議そうに柚希を見ている女性社員が視界に映り、自分が今、ぼんやりしていたことに気づく。

「…すみません、明日の発表会の進行表ですよね」

　あわてて持っていたファイルを開き、用意していた書類を取り出そうとする。しかし、手がすべって床へ落としてしまう。

「橋本さん、大丈夫ですか…？」

　ファイルを拾おうとすると、女性社員が心配そうに声をかけた。柚希は顔を上げると、なんでもないという顔で微笑んだ。

「大丈夫ですよ、ちょっとぼんやりしてしまって。本当にすみません」

「…我が社のほうで、ドレスの完成に時間がかかってしまって…。すみません、そのせいで橋本さんも大変でしたよね」

「いえ、それほどに力を注いでいただけたおかげで、素晴らしいコラボができたんですから。弊社でもドレスが大好評なんです。それに、大変なのはお互い様ですよ」

申し訳なさそうに頭を下げる女性社員へ、気を遣わせないよう声をかける。たしかに明日の発表会に向けて、追い込みの業務が立て込んで残業続きであった。しかし、それ以上に堪《こた》えていた悩みがあったため、女性社員に頭を下げられるほうが申し訳ない。

――明日はいよいよプロジェクトのコラボ新商品発表会だった。会場である結婚式場へ、最後の確認に来ていた。

式場は、柚希の自宅や会社のある区から遠方の、教会と披露宴の会場を併設しているところだった。先日、山吹部長の結婚式で使われたこの会場に惚《ほ》れ込み、柚希から提案してセッティングをした。

柚希が気に入ったように、どうやら人気の式場らしく、予定を組み込むための交渉にも時間がかかった。披露宴の会場が広いだけではなく、人気の一番の理由はきっと、柚希たちが下見のために訪れたこの教会にあるのだろう。ドラマで見たことのあるような、華やかで近代的なものではなく、質素ながらも美しさが映える教会だ。高い天井や入り口のドアには、陽の光が入るたびに表情を変えるキレイなステンドグラスがはめられている。昼間だけがキレイなわけではない。夜に外からこの教会を見れば、中の明かりがこのステンドグラスを輝かせて、きっとため息をつくほどに美しい情景が映し出されるのだろう。

一緒に確認作業に来ていた猪口が、柚希の持っていたファイルを横からつまんで取り上げた。おどろいてそちらを見ると、猪口がにらむように視線を寄越している。またぼんやりしていたことに気づき、あわてて説明を続けようとした。

しかし、ファイルを持った猪口が柚希と女性社員の間に入ってしまう。

「では、食事会の会場を確認しましょう。この教会の横の披露宴会場に食事会の担当者がいますので、ご案内しますね」

「あ…えぇ、ありがとうございます」

女性社員は、柚希を気遣うように視線を送るが、猪口に案内されるまま教会を出ていった。

その様子を見送ると、近くの長椅子に腰をかけた。天井のステンドグラスからもれる陽の光がまぶしくて、うつむいて目を閉じる。

(…そういえば、山吹部長もここで、結婚式したのよねぇ…)

牧師の前で永遠を誓うふたりは、幸せそうだった。牧師から問われた約束に、なにも言わずに見つめ合ってうなずいた部長とその花嫁は、言葉など必要ないくらいにお互いを信じ合っているように見えた。

——互いの気持ちを尊重し、信じ合っているふたり。

（……あたし、なにしていたんだろう）

膝の上でぎゅっと拳を握る。あれから恭平とは連絡を取っていない。いや、取れずにいた。

恭平の気持ちもちゃんと聞けていなかった。わがままを言ってほしい、頼ってほしいなんて、自分の気持ちを恭平に押しつけていただけだった。離したくない一心で、強引に恭平を引き留めるようなこともした。

ふと、先日の別れ際、怯えたように柚希を見上げていた恭平の姿が脳裏をよぎった。

『父親だけではなく、母親も失踪したらしいのよ』

恭平と出会ったばかりのころ、病院で看護師たちが噂していた過去。それは、いまだにくわしく語られることはなく、それでも恭平がこれほどまでに人と関わることを怖がる原因になっていることは、まちがいなく事実なのだろう。

きっと、自分の世界に母親しかいなかった幼い恭平の側から、その母親までもいなくなってしまったとき、想像ができないくらいにつらい思いをしたはずだ。いなくなるかもしれないと思いながら、相手にわがままを言ったり、甘えたりすることなんて、できるのだろうか？

昔の自分だって、相手に受け入れられないことを想像するだけで怖くて仕方なくて、怯えて本当の自分を見せることができなかったのに。

（…甘えてほしいなんて、自分の気持ちを押しつけて、恭平を追い込んでいたのは自分だ）

一生ひとりで生きていくと決め込んでいた、昔の自分の強さは、強さなんかじゃなかった。

ただ逃げていただけの自分と向き合うことができたのは、優しい恭平と過ごした時間のおかげだ。

「…やっぱり、やり直したい…ッ」

しぼり出すような、声だった。うつむいていた顔を上げて、長椅子から立ち上がった。

決めたんだ。恭平とちゃんと向き合いたい。そしていつか、恭平が頼ってくれるような人間になる。

――そうして、少しずつでもいいから、恭平の心に触れさせてほしい。


最終確認の打ち合わせが終了したころには、すでに夕方で薄暗くなっていた。

こうなることを予想していた柚希は、事前に会場近くのビジネスホテルに予約を取っている。会場は自宅からも会社からも遠く、当日の打ち合わせも朝早くから行う予定で、自宅には帰れないだろうと考えていた予想は当たった。教会前で女性社員が乗ったタクシーを見送ると、カバンを取りに行くため、教会の入り口の階段を上ろうとしていた。

「…橋本」

ほかの社員を見送り、先に帰ったと思っていた猪口が、教会のドアを開いて出てきた。帰宅する身支度も済んでいる猪口は、ついでに柚希のカバンを持っていた。階段を降りると、柚希にカバンを差し出す。

「ありがとうございます」

片手でそのカバンを受け取ろうとすると、とつぜん、その手をグッと掴まれる。

「…?」

ぱちぱちとまばたきをして、顔を上げて猪口の顔を見る。視線が合うと、猪口は目を細めて、いつもの嫌味な雰囲気のまま鼻で笑った。

なんですか、と言いかけて、急に腕を引っ張られてしまい、階段につまずいて転びそうになる。教会のドアのステンドグラスからもれる光だけで充分足元が見えるとはいえ、日は落ちて周囲は薄暗い。危うく転倒してしまうところだった。

とつぜんのことに腹が立ち、眉間にしわを寄せる。しかし、ここで腹を立てても仕方ない。どうせこのプロジェクトが終われば、もう猪口とはただの部長と部下になる。そうすれば、こんなに関わることもなくなるだろう。

思い直して、柚希は万人向けの営業スマイルを輝かせて、優しい口調で聞いた。

「猪口部長、どうしました？」

「橋本、俺のこと好きなんだろ？」

張りつけた笑みが、ぴしりとひび割れた。

「……はい？」

言われた言葉の意味が理解できなくて、もう一度聞き返す。疲れているから、もしかしたら違うことを言われたのかもしれない。それにしても、怖ろしい聞き間違いだ。

すると、猪口は柚希の腕を離さず、確信しているような自信たっぷりの笑みを浮かべた。

「俺に抱かれたいっていうような目で、いつも見てくるだろ。…相手してやってもいいかと思って、な」

ぞわぞわっと、全身の毛が逆立った。

なにを言っているんだろう、この人は。いつ自分が、そんな怖ろしい目で彼を見つめていたと言うんだ。

「いいえ、すみませんが俺は男ですよ？」

「お前、自分が女に見えるとでも思ってんのか？　俺はそんなの気にしないぞ」

軽く言い返したものの、猪口は引き下がろうとしない。

昔は抱かれるほうに憧れていたが、それはもちろん、大好きな人との情事に憧れていたからであって、好きでもない相手とセフレみたいな関係は望んでいない。今は大好きな恭平がいるし、そもそも、見つめているんじゃなくて、セクハラに腹が立ってにらんでいただけだ。

凍りついた笑顔で固まった柚希に気づかない猪口は、また鼻で笑った。それを見て、以前他部署の女性社員がひそひそと噂していたことを思い出す。

仕事よりも遊びに夢中。とても手が早いから、気をつけたほうがいい。

（…男女問わず、ってことだったのね）

まさか自分が猪口の射程範囲内にいるとは思っていなかった。しかし、これまでのセクハラの数々を思い出せば、なるほど、射程範囲内でなければ男が男にする行動ではないものもあった。

「…ホテル、取っているんだろ？」

腕を摑んだまま、猪口は柚希の体を引き寄せた。全身から血の気が引いて、後ずさりをする。

たしかにホテルを取っているが、もちろん猪口と愛を語るためのものではない。想像すらできない気持ち悪い光景に、吐き気がした。間髪入れずに言葉を返す。

「取っていますが、シングルです」

「じゃあ、俺の部屋に来い。すぐ近くだ」

「俺は部長にそんな気はありませんから」

「嘘つけ、じゃあなんで俺に尻さわられて喜んでたんだよ」

おそらく、酔っ払って倒れそうになり、柚希の尻を支えにしたときのことを言っているのだろう。あれだけ酔っ払っていたというのに、それだけは覚えていたようだ。しかし、喜んではいない。

猪口は嫌味な笑みを浮かべて、ぐいぐいと近づいてくる。片手を横に振ってかんちがいであることを伝えようとするが、一向にやめようとしない。

「喜んでいませんし。本当に結構です」

「…しつこいなお前。いいから、来いよ」

笑って受け流す気もそがれてきて、額に青筋が浮かぶ。それすらも気づかない猪口は、ついに柚希をじりじりと壁際まで追いつめた。摑んでいた腕を放して、壁に片手をついて柚希が逃げられないように囲んでしまう。

同じくらいの背丈であるため、ちょうど目線の先に猪口の顔があった。それを避けず、苛立った表情で猪口の細い目をにらみつける。

グッと拳を握りそうになって、すぐに力を抜いた。

(……相手は一般人、相手は一般人…！)

これまでにも何度か脳内で妄想していた背負い投げを、思わずしそうになった。呪文のように心の中で言葉を繰り返して、必死に怒りを抑える。実力行使をしてしまえば、立場が悪くなるのは柚希のほうだ。

しかし、猪口がもう片方の腕を柚希の腰に回してきたことに気づき、みるみるうちに表情を変えた。

「しつこいのは部長ですよ、本気でいやだって言って…」

強引さに苛立ち、腰に回る腕を摑む。表情を強張らせてはっきり断ろうとした。

そのときだった。とつぜん、教会の前の門から、大きな声が聞こえた。

「橋本さん…！」

その声は、柚希の名前を呼んだ。声のほうに顔を向けると、そこには、ここにいるはずのない人が立っていた。

「…恭平!?」

教会の門にある外灯の下には、青年が立っていた。周囲はいつの間にか暗くなっていて、青年――恭平の表情は、外灯に照らされてやっと見える程度だ。今日は金曜日で、おそらく学校帰りなのだろう。ブレザーの制服を着ている恭平は、肩から落ちたカバンに気づかないくらい表情を強張らせて、まっすぐに柚希を見ている。そして、猪口に視線を寄越した。

「な、なんでこんなところに…!?」

摑んでいた猪口の腕を放して、信じられない気持ちをかくせず、思わず口元に手をやってしまう。

このプロジェクトが終わったら、すぐに会いに行こうと思っていた。いったい、恭平はどうしてここに来たのだろう。

おどろいて恭平を見つめて黙っている柚希をよそに、恭平は猪口を見た。一瞬、ためらうように一歩下がるが、すぐに柚希と猪口の側までつかつかと近寄った。

恭平は、柚希の腰に手を回す猪口の腕を乱暴に払って、その体を押し退けた。そして柚希を守るように、その前に立ちはだかる。

「…この人に、さわるな…!」

目の前に立つ、自分よりも小さな肩を強張らせて、恭平は言った。ふと気づいて足元を見ると、震えているようにも見えた。

なにが起こったのか理解できず、固まっている柚希をよそに、猪口そのままの体勢で、いぶかしげに恭平を見下ろした。じろりと頭からつま先まで見やると、腕を組む。

「…お前には関係ないだろ。…橋本、だれだこいつ?」

恭平ではなく、そのうしろにいる柚希に聞く。ハッとして猪口を見た柚希は、すぐに恭平の背に視線を向けた。

…今ここで恭平との関係を正直に話せば、恭平がいやな思いをすることになる。

「あ、この子は…」

「関係なくない」

恭平を守るため、ごまかそうと考えた。その言葉を遮《さえぎ》り、はっきりとした口調で恭平は猪口へ伝えた。

「橋本さんは、…俺の恋人だ」

きっと、伝えたかったのは猪口だけではなかったのだろう。恭平のうしろにいた柚希にも、その言葉は聞こえていた。

恭平はふたりきりのときにだって、自分の感情を言葉に表そうとはしない。いつだって柚希の表情をうかがって、伝えることに怯えていたというのに。

…いや、今だって怯えているのかもしれない。それなのに恭平は、震える足で立って、自分の素直な気持ちを言葉にしてくれたのだ。

「…恭平……」

自分のものだというように、恭平は柚希と猪口の間に立って両手を広げたまま、動こうとしない。

無言で恭平ににらまれ、猪口は目を細めた。そして、機嫌が悪そうな顔で舌打ちをする。

「…なに言ってんだ、このガキ。……まだ高校生だろ？　どうせ、弟かなにかだろうが」

それでも引き下がらない猪口は、恭平を見下ろす。きっと、柚希を守るため、弟が嘘をついて脅かしている程度に思ったのだろう。バカにしたように言い放ち、恭平の胸ぐらを掴む。

…我慢の限界だった。ぷちり、と、自分の中でなにかが切れる音がした。

「ちが…っ」

「ちょっと、さわらないでくれません？」

言い返そうとする恭平の言葉を、強い口調で遮った。

…ごめんなさい、神様。教会の前で、愛の言葉ではなくゴングを鳴らさせていただきます。

「…橋本？　…ぐ!?」

恭平の胸ぐらを摑む腕を、ひねるように強く握った。高校時代、いくつも受け取ったトロフィーや賞状は、伊達ではない。ひねられた腕は、痛みに耐えられないのだろう、恭平を放した。

「おい、ちょっ、はしも……!!」

ひねった腕を強く引っ張り、猪口の体を自分のほうに近づける。もう片方の手で恭平に触れて、自分のうしろにかばうようにした。

痛みと動揺で歪《ゆが》んだ表情の猪口に、挑発するように顔を近づけて低い声で伝える。

「この子はあたしの、恋人です」

…思わず、素の口調で。

それだけ伝えると、猪口の腕を放して、ついでに体を強く押した。突き飛ばされた猪口は、目を丸くしたままよろめくと、柚希を見上げる。

「……お前、その口調」

まずいとも、やばいとも思わない。

自分がオカマであることを、猪口が職場にバラしてしまうことよりも、恭平を悪く言われたことのほうが、重要だった。

「部長が思っているとおりですよ。あたしはオカマです」

恭平をうしろにかくして、柚希は自分の胸に片手をあてて話した。とつぜんの部下の告白に、猪口は何度かまばたきをするだけで、反応しない。いや、まさかの展開に、反応ができないようだった。

「…何度も言いましたが、あたしはあなたとそういう関係になる気はありませんから」

はっきりと告げて、猪口をにらんだ。

すると、猪口はいたたまれなくなったのか、舌打ちをする。そして、無言でその場を去っていった。

「…恭平、なんでここにいるのよ!?」

教会の前から去っていく猪口を見送ると、恭平のほうを振り返る。茫然と先ほどまでのやり取りを見つめていた恭平は、とつぜん柚希に聞かれ口ごもった。

「や…あの、……近くに来たから…」

「嘘。だってここ、アンタの高校からも自宅からも遠いでしょ!?」

両肩を掴まれて、心配そうにじっと見つめる柚希に負けたのか、恭平はごにょごにょと話し始める。

「前、橋本さん…この式場で発表会をするって言ってたろ。……ずっとこないだのこと気になってて…会いづらかったけど、……顔見たくて、たまに来ていて……」

「……え？」

たどたどしく慣れていないように、それでもはっきりと伝えてくれる恭平の言葉は、柚希にしっかりと届いていた。

「……明日が発表会だって聞いていたから……いるかもしれないって思って、学校終わってからちょっと来てみたんだけど、……そしたら……」

視線を落として、ぎゅっと拳を握る恭平は、先ほどの光景を思い出しているようで眉間にしわを寄せた。

「…ほんとはこの間も、あの人と一緒にいるところを見て……すごくいやな気持ちになった」

猪口に無理やり連れられて居酒屋に行ったときのことを、言っているのだろう。めったに語らない自分の気持ちを、恭平は言葉を選んで柚希に伝えた。

「あの人と……仲良さそうに話してるのが、すごくいやだった。橋本さんは俺のものだ、橋本さんも……なんでさわられて笑ってるんだよって、あのとき言いたかった」

「じゃあ…！」

恭平の両手をすくい上げて、握りしめた。言ってくれてよかったのに、そう伝えたくて、恭平の瞳を見つめる。

その手を振り払わず、恭平は一瞬、息を呑んだ。

柚希に話しても、いいのだろうか。恭平は、そう考えて戸惑っているように見えた。恭平を安心させるように、柚希は視線をそらさず、真剣に見つめた。

「……仕事の付き合いがあるから仕方ないのに、そんなガキみたいなわがまま言ったら…は、橋本さんに嫌われてしまうんじゃないかって……」

ようやく口を開いて、言葉にした気持ち。それは、ずっと恭平が言えずにいたものだったろう。

「…昔、俺の母親も、そうだったから」

初めて恭平の口から、母親の話を聞く。

「お母さんが…？」

思わず聞き返してしまうと、恭平は視線をそらした。柚希の手を離して、教会の入り口前の階段に座り、言いづらそうに、それでも小さい声で話してくれた。

「……母さんは、あんまり家に寄りつかない人で…仕事で忙しいこともわかっていたし…母さんがそのとき付き合っていた相手は、子どもが嫌いな人だったから。俺は、よくひとりで留守番してることが多かった。…わがままを言えば母さんが困ると思って、平気じゃないくせになんでもないふりをしていたんだ。…でも、もう我慢できなくて、行かないでほしいって泣いてしまって…そのせいで、母さんが帰ってこなくなって…」

柚希から目をそらして、恭平は自分の母親のことを語った。

母親がいなくなったのは、恭平のせいではない。けれど、せまい世界にいた幼いころの恭平が、自分のせいで母親がいなくなったと考えてしまうことは、容易に想像できた。

母親が失踪して心細いときに、会ったこともない親戚に預けられて、どれだけつらい思いをしてきたのだろう。どれだけさみしくて、怖かったんだろう。

きっと、今までだれにも言ったことなどなかった自分の感情を、恭平は不器用に言葉にした。なにも言わずに、柚希は恭平の横に座る。暗い教会前で、恭平は自分の膝を抱き締めるように縮こまった。

「橋本さんは大丈夫だってわかっているのに、……どうしても怖くなって」

恭平は自分の気持ちを、わがままを伝えることで、柚希が自分の母親のように、自分のもとから去ってしまうんじゃないかと怖がっていた。母親のことがトラウマとなり、気持ちやわがままを言うことに対して、臆病になっていた。

「……恭平、あの…」

「橋本さん」

うずくまって顔を上げようとしない恭平のほうを向いて、柚希はようやく口を開く。すると、恭平はその言葉を遮った。

「…俺、ほかにわがまま、ぜったい言わないから。だから……橋本さんと一緒にいたい。俺以外の人と、……仲よくしてほしくない…」

柚希の反応を心配しているのだろうか。顔を上げられず、おそるおそる、しかしはっきりと話した。

わがままを言って、嫌われることが怖い。自分の正直な気持ちを伝えて、否定されるのが怖い。その言葉を言うことが、どれだけ勇気のいることだったのか、小さく震える恭平の肩から伝わってきた。

それでも、柚希に自分の気持ちを伝えてくれたことが、うれしかった。

「……ごめんね」

悪い想像をしたようで、柚希の言葉に恭平の肩が反応した。その体に触れて、自分のほうに引き寄せる。

「えっ…？」

両手いっぱい使っても伝えきれない気持ちを、ひとつ残らず伝えたかった。きゃしゃな体をぎゅうっと強く抱きすくめて、金色の髪を優しく撫《な》でる。

そして、目をつぶって微笑んだ。愛おしくて、仕方がなかった。恭平に会えたことを、恭平が自分を好きになってくれたことを、こんなに幸せに思えるなんて。

「あたし、どんなわがまま言われても、恭平を放す気なんてないから。しつこいから、覚悟してよ？」

いつの間にか、だれもいない教会は暗闇に包まれている。教会のステンドグラスからもれる小さな光が、柚希と恭平を照らしていた。

5.

「じゃあ、駅まで送るから。行こう?」

どれくらい時間が経《た》っただろう。ようやく恭平から離れると、柚希は立ち上がる。

年齢は十九歳だが、恭平はまだ高校生だ。高校生を夜に連れまわすことはよくないし、なにより。

(…このまま一緒にいたら、あたしの理性が……)

こっそり、治まらない鼓動から耳をそらす。本当は一緒にいたいし、もっと…。

「……」

立ち上がらず、教会の階段に座り込んでいる恭平は、無言だ。どうしたのか気になり、その横にしゃがみ込んだ。

「ちょっと、どうしたのよ……」

顔をのぞき込んで、息を呑んだ。思わず、柚希まで固まってしまう。仏頂面をして真っ赤になっていた恭平が、ようやく口を開いた。

「…は、橋本さん…今日、家に帰るのか…?」

のぞき込んでいる柚希に、遠慮気味に視線を合わせる。そして、たどたどしく小声でつぶやいた。

「え…や、マンション遠いから…この近くにホテル、取ったんだけど…？」

もしかして、と、恭平が言いたいことがなんとなくわかってしまう。視線から伝染してきたように、柚希まで顔が赤くなる。

（……いやいやいや、恭平は高校生なのよ!?　ダメよ、だめだめ…!!）

ホテルでのこれからを想像してしまい、柚希は顔を横に振った。あわてていることを悟られないよう、引きつりそうになりながらも恭平に微笑んだ。

「え、駅遠いから、タクシーで送るわね！　ちょっと電話してくる…！」

周囲を見渡して、猪口が落としていった柚希のカバンを見つけた。中にはスマホが入っている。それを取りに行こうと、足を踏み出した。

「……待って…！」

しかし、柚希の服を掴んできた恭平に阻まれる。

「恭平…？」

立ち止まり、恭平を見下ろした。そこには頬を染めて、真剣な目で柚希を見上げる恭平がいた。

呆気《あっけ》に取られている柚希を無視して、恭平は柚希の服から手を離す。制服のポケットに手を突っ込んで、取り出した自分のスマホの電話画面を見ると、口を固く結んで電話番号を押す。

「…もしもし、伯父さん？」

階段に座り込んで、電話に出てきた相手に話しかける。どうやら自宅に電話をかけたようだった。

どうして急に、伯父に電話をしたのだろう。恭平の行動が読めなくて、柚希は立ちすくんだまま、
まばたきをした。

「…うん。ごめん、連絡遅くて……今日、友達の家に…泊まるから」

…ともだちのいえに、とまる？

それは日本語で話していた言葉なのに、飲み込むまでに時間がかかった。

恭平がなぜ、伯父に電話をしたのか。友達の家に泊まるという理由の意味は、なんなのか。それは、
電話を終えておずおずと見上げてきた恭平の瞳が、語っていた。

「……っ…!!」

――そう。恭平は柚希のホテルに泊まって、一緒に過ごしたいと言いたいのだ。

恭平が、とつぜん立ち上がった。顔を真っ赤にして眉間にしわを寄せたまま、肩を強張らせてじり
じりと柚希に近づく。残っている理性をなんとか保ち、後ずさりをして両手を横に振った。

「恭平、アンタ高校生なのよ!?　お、お泊りは卒業してから…！」

「……こ…高校生っつったって、俺もう卒業してるはずの歳だし…」

もごもごとつぶやく恭平は、柚希の反応を気にしながらも、自分の素直な気持ちを伝えてくれる。

うれしい。本当は自分だって、一緒に過ごしたい。

それでも、恭平はまだ高校生。さすがに、いい歳した大人のサラリーマンが高校生をホテルに泊まらせるなんて、恭平の親代わりをしている伯父に顔向けができない。

今まで、自宅デートは何度かしたことがあるものの、『高校を卒業してからね』と、マンションに泊まらせることはなかったし、なにより遠慮した恭平がすぐに帰ってしまうため、一夜をともに過ごすことはなかった。

「あの…俺」

「と、とにかく今日は帰ろ！　ね！」

口にした言葉は恭平に言ったはずなのに、なにより自分を止めようとするためのものに聞こえた。自分に言い聞かせなければ、このまま恭平を連れてホテルに行き、なにをしてしまうかわからない。

ようやく恭平は、立ち止まった。柚希は安堵のため息をついて、胸をなでおろす。恭平に近づき、腕を引いた。

「じゃあ、送るから…」

「…橋本さん…っ」

とたん、恭平はその腕を振り払い、かわりに柚希の首元に抱きついた。

「恭平…!?」

「ごめん、俺…ほかにわがままは言わないって、言ったんだけど…でも……っ」

自分より高い背丈の柚希に抱きつき、伸ばしている足の爪先が震えている。それだけではなく、両腕も震えていた。自分の気持ちを伝えることに臆病な恭平は、相当の覚悟で行動に出たのだろう。

それだけ、柚希と一緒にいたいと思ってくれている。

恭平の唇が耳元をかすめて、じんわりと熱を高めた。媚薬《びやく》のように甘い感覚が、心も体も支配していく。

恭平を、自分を止めようと宙に浮いていた柚希の両手が、そっと恭平の背中に触れた。

「…あとで、いやだって言っても、もう聞けないからね…？」

低い声でつぶやいて、恭平の体を抱きすくめる。

――恭平と一緒にいたい。抱き締めて、自分のものだと感じたい。それはきっと恭平も同じなのだ。

恭平はなにも言わずに、柚希の服をぎゅっと握りしめた。


予約を取っていたビジネスホテルは、結婚式場から徒歩圏内の、こぢんまりとした建物だった。もともとひとりで泊まるつもりだったため、シングルの部屋を予約していた。受付にいた男性は、とつぜんの申し出にもかかわらず、『一部屋だけ空いていましたから』と快く変更してくれた。せまい部屋しか空いていなかったと謝罪されたが、急に相談したのに変更してもらえただけでありがたい。もらった鍵を持ってエレベーターを上がり、部屋に入ると、説明されたようにベッドはダブルサイズのものがひとつだった。大きめの窓がついていて、上階にあるこの部屋からは見晴しがそれなりにいい。

小さな明かりはついていたが、室内は薄暗い。メインの明かりをつけることも忘れて、ドアを閉めると、腕を引いていた恭平をベッドの上に押し倒した。

「わっ…」

受け身を取れず、恭平はベッドに仰向けで転がる。その横に腰かけ、自分よりもきゃしゃな体を囲うようにベッドに両腕をついた。鼻がつくほどに顔を近づけると、緊張したように身動きができない恭平と目が合う。

「…ん」

額にキスを落とす。恭平は目をつぶり、肩を強張らせた。そのまぶたにキスを落とすと、ようやく恭平は体から力を抜く。

うっすらと目を開けて、頬を朱に染めた恭平は、どうしたらいいかわからないというように視線を泳がせる。恭平の髪を触れる程度に撫でて、襟首を片手で支え上げた。もう片方の手でマフラーを取り、恭平をベッドに寝かせると、今度は唇を合わせる。

「んん……っ」

薄い唇を舌でゆっくりなぞると、くぐもった声が聞こえる。舌先をその隙間に潜り込ませて、深くキスをする。手探りで恭平のワイシャツの襟に触れ、制服のネクタイをゆるめた。そして、ボタンを鎖骨辺りまでゆっくりと外す。

恭平が着ていたブレザーの裾を摑み、それを脱がそうとしたところで、とつぜん恭平が両手で柚希の体を押し返した。

「っと…？」

キスに夢中だった柚希は、おどろいて恭平から少し体を離す。どうしたのか聞こうとしたものの、その言葉は宙に浮いた。

「……ええ？」

恭平は勢いで柚希の肩を押して、体重をかける。自分よりも筋肉質で体が大きい柚希を、ベッドに倒した。

気づいたときには、柚希は部屋の天井を見上げていた。甘いキスを楽しんでいたのに、急になにが起こったのか。もしかして、少し強引だっただろうか。そのせいで恭平を怖がらせてしまったかもしれない。

考えを巡らせていると、とつぜん腹の辺りにグッとなにかが伸しかかり、ふと見上げた。

「っ、きょうへ…？」

初めて見る光景だった。

ベッドに押し倒された柚希の上に、恭平が不機嫌そうな表情をして馬乗りになっている。…不機嫌そうに見えるが、顔は赤い。どうやら照れているようだ。

恭平は背を丸めて、柚希に顔を近づける。

「い…いいから、黙っててよ」

いつもなら緊張したように身構えて、柚希の愛撫《あいぶ》に応えるだけで精一杯で。それがとても可愛くて、ついついしつこくしてしまうことを反省していた。

そんな恭平が、まさか、押し倒してくるとは思っていなかった。おどろきをかくせず、何度かまばたきをしてしまう。

「黙ってて、って…大丈夫？　なにするの？」

「大丈夫だって…！　今日は俺が…その、す、するから…橋本さんは、なにもしないで」

もごもごと口ごもりながら、恭平はさらに顔を真っ赤にする。語尾がほとんど聞こえなかったことから考えると、自分の言動が今さらながらに恥ずかしくなっているのだろう。

恭平は体を起こすと、脱がされかけていたブレザーを脱いで、床に落とした。ワイシャツのボタンにかけた指が、少し震えている。唇を噛んで、羞恥心に耐えるように、ゆっくりとボタンを外していく。

あらわになっていく肌は、少し汗ばんでいる。以前、あまり筋肉がつかない体質だと嘆いていたその体は、平均的な高校生より少し細めで、やはり筋肉質とは程遠い。腹筋は触れてようやくわかる程度に割れていて、胸筋も薄い。そこよりも、ワイシャツから見えかくれしている、薄い色をしたキレイな乳首に目が行ってしまう。

……とても目の毒なんですが。

目の前で繰り広げられている恭平の恥ずかしい姿に、恭平には気づかれていないようだが、すでに反応しかけていたものがずきずきと痛みを増す。馬乗りされている腹に感じる恭平の体温が、さらにそれを後押ししてくる。

ようやくネクタイを取って、ワイシャツの前をはだけさせると、恭平は柚希を見下ろした。

真剣な目でなにを考えているのだろうか。その様子を見ていると、とつぜん自分の体を柚希に押しつけた。

「……！」

寄り添うように体を合わせると、恭平の鼓動が伝わってくる。いつも以上に緊張しているようで、心臓の音が痛いくらいに鳴っている。柚希まで鼓動が高まってきて、無言で恭平に体を預けた。

ようやく、少しだけ体を離すと、恭平は片手で柚希のネクタイに触れる。何度か引っ張ったりゆるめたりするが、手が震えてうまくいかないようで外せない。

「両手、使ってもいいよ…？」

もどかしくて、そして必死な恭平が可愛くて、つい助言をしてしまう。

すると、恭平はカーッと顔を真っ赤にして、なにか言いたげに柚希を見上げた。しかし、すぐに顔をしかめると、何事もなかったように振る舞い、今度は両手を使ってネクタイを外す。

ようやくワイシャツのボタンを外され、ゆっくりと前をはだけさせられた。普段はかくれている、学生時代に鍛《きた》え上げた程よく筋肉質な体は、熱を帯びている。浮き出た喉仏に、くっきりとした鎖骨、割れた腹筋。普段、女性のようなものごしの姿からは想像できないくらいに雄らしい体つきに、恭平は少し戸惑って、手を離した。

「…手伝おうか？」

こうやってゆっくり恭平に脱がされることも、なかなか興奮してしまうのだが、我慢の限界は近い。もどかしくなって、恭平の腕に触れた。

「いい…、俺がやるから…！」

柚希の手を振り払うことなく、恭平は柚希の首筋に顔を埋めた。熱い吐息が首筋にかかり、柚希は目をつぶる。そして恭平は、柚希の首筋に触れる程度のキスを落とした。柚希にしてもらったときのことを思い出すように、ゆっくりとそこに口づけ、遠慮がちに嚙んだ。

恭平は意識していないようだが、やわらかい甘嚙みになって、柚希の感覚を刺激する。

「っ…」

思わず声をもらすと、恭平は少し自信を得たのか、同じように柚希の首筋をそっと嚙んだ。

「…ね、もういい…？」

だめだ、もう我慢できない。

そろそろ自分にも、恭平をさわらせてほしいと伝えたくて、声をかける。しかし、恭平は首を振った。

「…今日は、俺がするって…言っただろ」

「や、もう充分だって…ちょっと、あの…あたしの下半身が…ね？」

言葉をにごらせて、自分がもう限界だということを伝えた。するとなにを考えたのか、恭平は体を起こして、柚希が摑んでいないほうの手で、柚希の下半身に触れた。

「ちょっ…!?」

服越しにおずおずとさわられたそれは、熱く脈を打っているのがわかる。触れた瞬間、恭平はすぐに手を離してしまう。

…だから、言ったのに。

恭平をビビらせるつもりはまったくなかったが、結局はそうなってしまったことを反省し、体を起こした。腕を引いてベッドに押し倒そうとしたが、恭平はその腕を押した。柚希の上から下りて、向かい合わせに正座で座る。

「なに、恭平？」

どうしたのか聞こうとしたが、すぐにやめた。恭平がなにをしようとしているのか、わかったからだ。

恭平が、真剣な顔で柚希のスラックスのベルトに触れた。そして、ぎこちない手つきでそれを外してしまう。

「え、うそ、なにしてるの…!?」

「………」

それ以上は止めようと恭平の肩を摑んだが、やめようとしない。無言でスラックスのジッパーを下ろして、下着の中に留まるそれを見つめる。

自分のものよりも大きく、熱をはらんだそれにおそるおそる指を触れると、下着からゆっくり取り出した。

「……っ」

恭平は、緊張したようにまじまじと見つめていた。これまで、柚希が口でしてあげることはあったものの、逆はない。触れることすら恥ずかしがっている恭平には、できないとわかっている。優しく、恭平の頬に触れた。

「無理しなくて、いいんだからね…？」

「む…無理してない…！」

頑固にも、恭平はぶるぶると顔を横に振る。そして一息つき、背をかがめた。あ、と柚希が声をかける間もなく、恭平は震える舌先でそれに触れた。

熱い柚希自身を手でおそるおそる握り込み、もう一度その先に舌で触れる。熱く猛《たけ》ったそれと同じく、柚希がピクッと足を震わせた。

柚希に、感じてほしい。その一心で、たどたどしく舌先で愛撫しているようだった。かすめる快感に耐えるよう、柚希は眉間にしわを寄せた。

触れる舌先もだが、同時に、正座したまま、必死に柚希自身を舌で愛撫する恭平を上から見下ろしている眺めも、じわじわと体の芯を刺激する。

「…ごめ……あんまり、気持ちよくないよな…？」

なにも言わずにいると、恭平が少し口を離して、遠慮気味につぶやいた。どうやら、柚希が反応しないことで、自分のやり方では感じてもらえないのではと落ち込んでいるようだった。

「いや…？」

そんなことない、と言おうとしたが、言葉が続かない。気をゆるめれば暴走してしまいそうで、冷静を装おうとした。

しかし、それは逆効果を生んだ。

気持ちよくなかったんだと思い込んだ恭平は、以前柚希がしてくれたように、柚希自身を口に含もうとした。

「…ぅ…ん、む…っ」

大きいそれは、先の部分しか飲み込めない。しかし、自身を恭平の温かい口腔《こうこう》内に含まれて、柚希は顔を赤くして恭平の頭を離そうとした。

「恭平、いいって…！　無理でしょ、待っ…！」

柚希の制止にも気づかずに、ゆっくりと舌を動かして、必死に愛撫を続ける。歯をあてないように口を開いていることもあって、唾液がこぼれてしまう。

「んん…、…ふ…っ」

目をつぶって必死に口を動かしていると、苦しくなってきたのか、恭平は一度柚希のものから口を離してしまう。それでもやめようとせず、またそれを口に含む。もれる嬌声《きょうせい》が淫猥《いんわい》で、柚希はさらに自身を固くした。

「っ……！」

決して上手とは言えない愛撫だが、懸命に奉仕をしてくれる恭平の姿に、柚希は簡単に体の熱を高めてしまう。さすがに、初めての恭平の口に出すわけにはいかなくて、強引に恭平の肩を摑んで口を離させた。

「…はあ…ッ」

とつぜん体を離されて、恭平はおどろいて柚希を見つめた。

そうとう頑張ったのだろう。顔は真っ赤で、うつろな目には涙も浮かんでいる。ワイシャツが腕までずり落ちていて、肌が汗ばんでいた。肩で息をしている恭平の肩から、熱い体温が柚希の手に伝わってくる。

同時に、しびれるくらいの感覚が脳に浸透する。

恭平を怖がらせないように、強引にしないようにと気をつけていた理性は、いとも簡単に崩れ去っていく。

「わ…！」

恭平の肩を摑んだまま、体重をかけてベッドに押し倒す。受け身を取ろうとした恭平は、俯《うつぶ》せに倒れ込んでしまった。触れた恭平の肌が熱くて、もっと直《じか》に触れたくて、着ていたスーツの上着を脱ぎ捨てた。

「橋本さ……、ひ…っ」

柚希のほうを振り返ろうとしたが、すぐに黙り込んでしまう。うしろから体を密着させてきた柚希が、片手で恭平の脇腹に触れたからだ。

もう片方の腕で恭平を抱き込んでしまえば、きゃしゃな体は柚希の腕の中に納まってしまった。

「待…あっ！　お、…俺がする…って」

長い指でさするように恭平の肌に触れていると、その手を恭平が摑んだ。気にせず、柚希はゆっくりと指で愛撫を続ける。

「次は、こっちの番だから」

「…や、でも…俺」

うしろから耳元で囁くと、恭平は少し顔を横にそらす。それでも自分がやると言い張る恭平に、柚希は指で胸元の突起に触れた。

「ひっ…あ…！」

きゅうっとつまむと、声を上げる。恭平はここが弱いことを知っている柚希は、指でつまんだまま、恭平の耳元に低い声でつぶやく。

「もう、順番は交代…ね？」

「っあ……う…ッ」

指先で弄《もてあそ》ぶようにつねるたびに、恭平の肩が震える。その姿に、ぞくぞくとした感覚を覚えた。

…どうしよう。もっと、いじめたい。

「わかったら、ちゃんと返事して…？」

首筋を軽く噛んで、急《せ》かすように乳首を指で押し上げる。やめさせようとする恭平の手の力は弱くて、柚希の愛撫を止められそうにない。

了解せざるを得ないのだろう、恭平は涙目で何度もうなずいた。

しかし、それだけでは満足できなくて、さらにイジワルをしたくなる。乳首を指でつまんだまま、もう片方の手で恭平のズボンのジッパーに触れた。

「んっ…ちょ、どこさわって…ッ」

ジッパーを下ろすと、ようやく気づいたのか、恭平はあわてて柚希の腕を摑む。ズボンをずり下ろし、下着ごと恭平自身に触れた。

「あ…っ…」

まだ少ししか体に触れていないというのに、じわりと下着が濡れるほどに、そこは熱を帯びていた。

もしかして、と、耳まで真っ赤にしている恭平に聞いた。

「もしかして、これを舐《な》めて、興奮してたんだ…？」

うしろから恭平の腰に自分自身を押しつけると、恭平は顔を横に振る。

「ちが…っ、橋本さんがそういうこと…！」

「…そういうことって、なに？」

いつかのときのように、わざと声を低くして耳元でつぶやいた。耳も弱い恭平は、みるみるうちに体を熱くさせてしまい、答えられなくて口をつぐむ。下着越しに触れてくる柚希の指の感触に耐えているようだった。

「……ん…ッ」

指で形をなぞり、ようやく下着に手を入れて直に触れた。熱く勃《た》ったそれは、大きさこそ少し小さいものの、こぼれるように先走りがあふれている。根元に指を這《は》わせて包み込むように握ると、恭平がくぐもった声をもらした。

裏筋を撫でると、恭平の体が震え上がる。抵抗することはないが、片手で口を押さえて声を我慢しているようだった。もう片方の手は、シーツをぎゅっと握りしめている。

気持ちいいのに、声に出すことが恥ずかしいのだろう。自分の下で必死に耐える恭平が可愛くて、愛おしくて、それだけで芯が熱くなってしまう。

「は…、あ……！」

達しない程度に恭平のそれを愛撫していた手を、そのまま下へするすると移動させる。ついでに下着を脱がせ、先走りで濡れた指で秘部に触れた。ひくひくと収縮をしているそこを撫でると、恭平は体を縮こまらせた。

「…ここに指、入れていい…？」

聞かなくてもいいことだが、つい恭平の恥ずかしがる姿を見たくて、意地悪く言ってしまう。すると、案の定恭平はシーツに顔を埋めて、わなわなと震えた。

「い…いちいち聞くなよ…！」

その声にぞわぞわとした快感を覚えて、柚希は満足そうに笑った。そして、恭平の先走りで濡れた指を秘孔にゆっくり押し入れる。

「ひ…っ」

びくっと体が痙攣《けいれん》して、窄《すぼ》まりがきつくなる。緊張を解すように肩にキスをすると、恭平は息をついて、体から力を抜こうとした。

「…ぅ…、あ…！」

言葉にならない声が漏《も》れる。恭平は口から手を離し、両手でシーツを強く握った。

実は、初めて体を繋《つな》げてから、こうやってまたセックスするのは、今回が二度目だった。キスや、さわり合いなら何度かしたが、どうしても恭平が恥ずかしがってできなかったり、タイミングが合わなかったりしていたからだ。

久しぶりに触れる肌は、媚薬が塗られているかのように敏感だ。そして柚希の男の部分を、充分なくらいに引き出してくれる。

奥まで指を潜り込ませると、中を広げるようにゆっくり動かす。吸いついてくるような内壁《ないへき》が気持ちよくて、柚希は何度も指の腹で撫でた。

「…んん…っ」

同じところを擦ると、恭平が腰を震わせていることに気づく。きっとここが一番気持ちいいところなのだろう。痛がらないことに安心したと同時に、もっと気持ちよくさせたい気持ちがムラムラとわいてくる。

広がってきた秘孔に二本の指を侵入させると、わざとらしく同じところを強く擦った。

「ふあ…っ…も、そこ…いやだ…っ！」

柚希がわざとやっていることに気づき、恭平は少し体をひねり、片手で柚希の体を押した。

「でもここ、気持ちいいんでしょ…？」

「そ、…そういうことじゃなくて……んっ」

押し返す体力は残っていないようだ。恭平は柚希をやめさせることができず、また俯せになって肩を強張らせている。充分なくらいに秘孔を解すと、ようやく指をゆっくりと引き抜いた。

苦しそうに息をつく恭平を抱き上げて、自分の膝の上に座らせると、うしろから抱き締める。もっと、ゆっくり余韻を味わいたいけれど、苦しいのは恭平だけではなかった。

「…恭平…痛かったら、言って…？」

恭平の片足を抱き上げて、腰を浮かせる。熱く昂《たかぶ》ったそれを下から秘孔にあてがうと、恭平は唇を噛んでその感触に体を震わせる。

充分に解された窄まりに、ゆっくりと自身を埋め込んでいく。

「……ああ…ッ…！」

恭平は柚希の腕に、両手でぎゅっとしがみついた。

「ひ…、ん…橋、本さん…っ」

受け入れるようにはできていない秘孔に侵入する、熱い異物感に耐えるように、恭平は柚希の名を呼んだ。それに応えるように、恭平をうしろから強く抱き締める。ぐちゅっと、音を立てて恭平の中に沈んでいく柚希自身は、さらに体積を増していく。

「…っは…」

ようやく奥まで侵入し、柚希は苦しそうに息をついた。抱き締められている恭平も、呼吸を荒くして汗ばんだ体を柚希に預けている。

「きょうへ…ちょっと、動くよ……？」

本当は、余裕を見せてゆっくりと体を繋げたい。しかし実際に恭平を抱くと、その余裕はあっさりと崩れてしまう。

柚希の問いかけに、恭平は息を荒くしたまま、力なく顔を横に振る。

「待っ…て、…この体勢、…深くて……っ」

たしかに恭平の言うとおり、恭平を抱え上げて挿《い》れているためか、以前よりも奥まで繋がっているようだった。

初めてのときですら、あんなになってしまったのに、奥深くまで貫かれ動かれては、どうなってしまうか想像がつかない。柚希の腕に摑まって、恭平はなんとか腰を浮かそうとした。

「…も、だめだ…待てない…ッ」

「ひあ…っ！」

腰が浮くと同時に、ずるずると柚希自身が引き抜かれた。その感触が芯を熱くして、思わず恭平の腰を摑んで中を突き上げてしまう。

再び奥深くを貫かれて、恭平は声を上げた。

「…ん、あっ、だめ…だって…ふか…い…ッ」

下から奥を犯すたびに、恭平が甘い声で鳴いた。中の圧迫感が増して、柚希は吐息をもらす。

「っ…は…、…恭平…！」

喘《あえ》ぐ声と淫《みだ》らな水音、ベッドの軋《きし》む音がせまい室内に響き渡る。

痛くしないように、傷つけないようにと、最後の理性を保ってゆっくり優しく突いた。しかし、いつの間にか恭平の腰を片手で摑んで、体を揺さぶっていた。

「んう……や、も…むり……っ」

苦しそうに息をついて、恭平が甘い声でつぶやく。腰を打ちつける速度が上がり、恭平をうしろから抱きすくめて首元にキスをする。軽く甘噛みをすると、窄まりが痙攣した。

「あ…っう…、…んん…ッ……!」

「…く…っ……」

背中をそらして、恭平は絶頂を迎えたようで、びくびくと体を大きく震わせた。同時に、収縮するそこに刺激されて、柚希も達してしまう。

――しかし。

「ふ……、は…?」

体から力を抜いて、恭平は柚希に背を預けていた。しかし、その恭平をベッドに下ろして、中に自身を挿れたまま、恭平の腕を優しく引いて仰向けにする。

達したばかりでぐったりしている恭平は、とつぜんの柚希の行動についていけず、不思議そうに柚希を見上げた。中に挿入《はい》ったままのそれも気になるようで、もぞもぞと足を動かしている。

視線が合うと、柚希はじっと恭平を見つめる。熱のこもった視線に、恭平はドキッとしたようだ。

「…橋本さん…?」

「…ごめん、恭平…治まらない。アンタが可愛すぎて」

「へ……?」

いったい、なにが。

そう聞き返そうとしたようだが、急に中に挿入っていたそれが体積を増して、恭平は背を反らして反応した。

「ふあ…っ」

達したばかりで敏感になっている全身に、快楽が衝撃になって伝わる。足の爪先まで震わせて、恭平は涙目になって柚希をもう一度見上げた。

「な…さっき、終わって…!」

「無理、まだ終われない…もう一回だけ…っ」

「ん…あッ…、ちょっ…と、橋本さ…っ」

自分の体は、どうしてしまったんだろう。

久しぶりに抱く恭平の体に興奮して、みるみるうちに熱が全身を回る。恭平を押し倒したまま、軽く腰を揺さぶってしまう。先ほどは激しく動いてしまったため、せめて無理をさせないようにと優しく突き上げる。

「…は…、橋本、さんっ…待って、まだイッたばっかで…こんな…っ!」

ゆっくりと挿入を繰り返されるほうがつらいのか、恭平は耳まで真っ赤にして、突くたびに背中をそらして反応している。恭平自身も、律動に比例して徐々に勃ち上がっていた。

表情を見るに、痛がっている様子はない。しかし、続けざまに感じさせられたためか、目尻からうっすらと涙がこぼれた。

ゆっくりと奥まで突きながら、恭平の頰に唇で触れる。こぼれる涙を舐めると、恭平は目をつぶった。

「ん…ッ」

片手で頰を撫でて、今度は唇にキスをした。何度か軽く唇を合わせて、角度を変えて深くキスを落とす。舌先で口腔内を探り、恭平の舌と絡めた。たどたどしいが、恭平は必死にその舌を合わせてくれる。それだけで、体温が上昇してしまう。

「…っひ…、あ、ん…んっ」

ようやく口を離すと、体を重ねたまま、律動を早めた。恭平の腰を摑んでさらに密着させる。

目をつぶり、恭平は必死に動きに耐えている。しかし、口からもれる嬌声は限界を物語っていた。

「…恭平…っ…」

「は…しもと、さ…っ、だめ…もう……っ」

息も絶え絶えに、恭平が目をつぶったまま叫ぶ。柚希もすでに限界で、グッと奥深くまで自身を沈めた。

「ひっあ……――――……っ……！」

シーツを強く握りしめて体を震わせ、恭平は二度目の絶頂を味わったようだった。窄まりが強く柚希自身を締めつけて、同時に柚希も達してしまう。

さすがに二度もことに及んだおかげで、恭平はぐったりと体をベッドに預け、動けないようだ。顔を赤くして、息を整えている恭平を見下ろして、ようやく正常な意識を取り戻しつつある柚希は、顔をサアッと青くした。

――やってしまった。

けっきょく恭平も一緒に気持ちよくなっちゃったとはいえ、ホテルに一緒に泊まることすら、我慢しなければとあれだけ自分を律していたのに。興奮して自身を抑えられずに、恭平を一夜で二度も抱いてしまったのだ。

（や…やばい、あたしのバカ――――っ……！）

嫌われるだけなら、まだいい。もし、柚希のことを怖いと感じさせてしまったら、きっと立ち直れない。

「…橋本さん」

「え!?」

ベッドに埋まっていた恭平が、ふと柚希を呼んだ。ハッとして恭平を見ると、汗ばんだ顔のまま、柚希を見上げている。

「……」

疲れているためか、目はぼんやりしているが、動揺の色をかくせていない。柚希を呼んだものの、なにかを言いあぐねて黙り込んでしまう。

恭平のその反応に、柚希は顔が真っ青になった。

「きょ、恭平、あの……っ？」

謝ろうとしたところで、柚希は言葉を呑み込んだ。とつぜん恭平が、両腕を伸ばしてきたからだ。

「っ……」

きつい猫目をさらにきつくして、柚希を見つめた。唇を嚙んで顔を真っ赤にして、一瞬迷って、腕を引っ込める。しかし、意を決したようにおそるおそる、柚希の背に両腕を回した。

「恭…平…っ？」

「な…なにも言わなくていいからっ」

柚希の体にぎゅうっと強く抱きついて、恭平は柚希の言葉を遮った。とつぜんなにが起こったのか理解できなくて、恭平を見下ろす。

耳まで赤くした恭平の腕は、かすかに震えている。

（…もしかして、これって）

…甘えてくれている？

「……！」

ようやく恭平の行動の意味がわかったとたん、じわじわと涙がこみ上げてくる。うれしい。大好きだ。同じ速さで鼓動する心臓の音が心地よくて、思わず恭平の体を両手で抱き締めた。

（…そういえば、あのときも…）

ふと、先日、自宅で強引に恭平を抱き締めてしまったときの、彼の様子を思い出す。恭平は両腕を伸ばしていて、あのときは、柚希に抵抗しようとして伸ばしたと思っていた。

しかし、似ている。今回の行動と。

「…もしかして、あのとき……」

ハッとして、無意識のうちにつぶやいてしまう。恭平はきっとあのときも、自分に抱きついてくれようとしたのではないだろうか。

「え…？　わっ」

不思議そうに見上げる恭平を抱き締めたまま、ベッドに倒れ込んだ。黙ってしまった柚希を、恭平は顔を上げて不思議そうに見つめる。

「は…橋本さん、大丈夫？」

「…恭平、アンタのせいだからね」

「へ？　なにが…!?」

とつぜん言われた言葉の意味がわからず、まばたきをしている恭平に、柚希は笑いかけた。

（いつか、もっともっとあたしにわがままを言うようになってくれたら、うれしい。その過程を一緒に過ごすのも、幸せだな）

恭平が愛おしくて、ずっと触れていたくてたまらない。もう一度恭平の腕を引いて、優しく抱き締めた。

6.

翌日の発表会は、柚希が想像していた以上の大成功だった。

ホワイトを基調とした、シンプルにプリザーブドフラワーをあしらったウエディングドレスに、レースのヴェール。温かい印象のあるピンクのメイクは、これまでチームで開発を進めてきた自慢の新商品だ。

（……キレイ）

うっとりするほどに、美しく彩られた花嫁姿のモデルたち。教会内の裏方のスペースで、柚希は腕を組んで立ち、うれしそうに彼女たちを眺めていた。広い教会の中を見渡せば、頬を染めて瞳を輝かせているたくさんのお客さんたちや、新商品を見に来ていた雑誌記者や営業社員たちが、声をひそめて笑顔で語り合っている。

だれでも参加できるようにと、雑誌で宣伝していたおかげもあって、会場は大盛況だ。

「…猪口部長、どうしたのかな」

「様子おかしいよね？」

柚希のうしろで、女性社員がひそひそと話している声が聞こえる。視線を感じて前を見ると、ステージの反対側で柚希のほうを見ている猪口に気づく。

しかし、柚希と視線が合うと、猪口はばつが悪そうに苦い顔をして、そそくさとその場を去っていった。

（…部長のことだから、どうせ恥をかかされたくらいにしか思ってないみたいね）

昨日、自分がオカマだという事実を猪口に伝えたというのに、ほかの社員たちはいつもと変わりなく接してくれていた。猪口がバラすんじゃないかと思っていたが、どうやら猪口にとっては柚希がオカマだという事実よりも、柚希を誘っておいて恭平に取られてしまったという、ボロボロにされた自分の体裁のほうが気になっているようだ。逆に、柚希がそのことを周囲に言いふらさないか、気にしているようにも見える。その証拠に、仕事以外の話を一切しなくなったというのに、こうして遠くから時折様子を見ていることがある。

でも、よかった。これで猪口が自分にセクハラまがいのことをしてこなくなると思うだけで、とても喜ばしい。

「…橋本先輩？」

うれしいため息をついて、柚希は裏方のスペースから離れようと踵《きびす》を返したところで、後輩に呼びかけられる。

「ちょっと、うしろのほう見てくるよ。お客さんの反応を間近で見たくて」

「わかりました、こっちは任せてくださいね」

両手で拳を作って、にっこりと笑う後輩に笑顔を返して、裏方をあとにする。

お客さんたちの間をくぐり抜けて、教会の入り口付近にたどりついた。キレイな花嫁姿のモデルたちに夢中で、人々はステージを見ており、入り口付近にはだれもいない。

ドアの横の壁に背をもたせかけて、頭上のステンドグラスからもれる暖かい光を浴びた。

(やっぱり、花嫁ってステキね)

優しい笑顔でお客さんたちに手を振る、ウエディングドレスを着たモデルたちは本当にキレイだ。

自分もつい最近まで、いつか花嫁になりたい、ウエディングドレスを着たいと夢見ていた。それでも今は、見ているだけで幸せだった。

恭平に出会ってから、ウエディングドレスを着て、たくさんの人たちから憧れの眼差《まなざ》しを受けるよりも、恭平と一緒に過ごすことのほうが、幸せで大事な時間だと感じるようになれたから。

「……橋本さん」

ふと、横のドアのほうから声が聞こえた。顔を向けると、そこには制服姿の恭平がドアを開けて立っていた。

「…恭平⁉」

おどろいて組んでいた腕を下ろすと、恭平はなにも言わずに柚希の横に並んで立つ。

だれでも参加できる形式にした発表会のため、高校生の恭平も会場に入れたようだった。しかし、今日は高校の特別講義や、夕方からのアルバイトがあると話していたのに、どうしてわざわざ遠いこの会場まで、また来てくれたのだろう。

「なんでここに…？　学校帰りにわざわざ寄ったの？」

周囲に聞こえないよう、口に片手を添えて、小声でいつもの口調で恭平に聞く。恭平は、ステージのほうで笑顔を振りまく花嫁姿のモデルたちを、じっと見つめている。

「…こないだ橋本さん、言ってただろ…？　こういうとこで、その…ウエディングドレスを着てみたい…って」

恭平がようやく口を開いた。マフラーに顔を埋めて話したために、声がくぐもっている。とつぜんなにを言い出すのかと思い、恭平を見下ろした。柚希に視線を合わせず、壁に背をつけて、そわそわと片足の爪先で床に円を描いている。

どうしたんだろう。不思議に思ったものの、あえて聞かずに恭平の問いに答えた。

「そうだけど、今はそれよりもね…」

「これ」

それよりも、恭平と一緒にいることのほうがいい。

そう言おうとした柚希の言葉に気づかず、恭平は柚希のほうを向いて、うしろ手に持っていたものを差し出した。

「…え？」

それは、大きめの丸い箱だった。愛らしいリボンやフリルであしらわれた白いその箱は、見覚えがない。差し出されたそれを受け取り、もう一度恭平を見下ろした。

なんだろう、これ。あたしの誕生日、近かったかしら。

ぱちぱちとまばたきをすると、恭平が顔をそらして小さい声でつぶやいた。

「…橋本さんの体に合うドレス、オーダーメイドしなきゃいけないし…高くて買えなかったから、その…。とにかく、あとで開けて」

ぶっきらぼうに言って、恭平はすぐに柚希に背を向ける。背を丸めてポケットに両手を突っ込み、しかし恭平はなにかを言いたげに留まっているようだった。

(……もしかして)

あとで開けてと言った恭平の言葉は、かわいそうだが無視させていただく。

リボンの端をつまんで、するすると開くと、その音に気づいた恭平が振り向いた。

「…！　ちょっ、ちょっと橋本さん…っ！」

あわててポケットから手を出して、柚希の腕を掴む。しかし、体格や力の差があるため止められるわけはなく、柚希は簡単に白い箱のふたを開けた。

箱を近くの椅子の上に置き、そこに入っていたものをすくい上げて広げる。

それは、…純白のレースの、ウエディングヴェール。

「これ…?」

ステンドグラスからもれる光に照らされて、ヴェールはキラキラと輝きを放っている。シンプルなデザインだが、さわり心地がとてもよい。

どうしてこれを手渡されたのか、理由がわからない。ヴェールを両手で広げたまま、恭平のほうを見た。あとで開けてほしいと伝えたのに、この場で開けてしまった柚希の行動に戸惑っているのか、それとも怒っているのか。恭平はカーッと顔を真っ赤に染めて、柚希をにらんだ。

「あとで開けてって、言ったのに…」

恨めしそうにつぶやいて、ようやくにらむことをやめる。きっと、柚希が開けてしまうことも、うすうす想像していたのだろう。そして、もごもごと言葉を口にした。

「…今はそれしかないけど、いつかここで橋本さんの夢、…付き合うから」

両手をうしろで組んで、不器用に、それでも優しく恭平はつぶやいた。顔を上げて、めずらしくはにかんだ笑顔をして。

そういえばこの間、恭平に山吹部長の結婚式の話をしたとき、言ったような気がする。このキレイな教会で、ウエディングドレスを着ることが夢だと。

「……そのためにこれ、買ってくれたの…？」

ウエディングヴェールだって、それなりに高級品だ。柚希が語っていた夢を叶《かな》えてあげたくて、アルバイトで貯めたお金を使って、こっそり買ってくれたのだろう。

柚希の言葉に、恭平は一瞬口ごもるが、こくりと素直にうなずいた。

「わあ…！　ほんとの結婚式みたい！」

「教会の鐘の音、ステキだね…」

とつぜん、教会の鐘の音が鳴り、女性客たちが楽しそうにさわぎ始めた。発表会のプログラムは順調に進んでいて、この鐘の音も予定どおりだ。

だれもが花嫁をうっとりと見つめるそのうしろで、教会の鐘の音に祝福されながら、柚希は恭平をヴェールごと両手で抱きすくめる。

一生かけて、この子を幸せにしたいと、教会の鐘の音に誓いを告げた。

あとがき

はじめまして、こんにちは、柊《ひいらぎ》モチヨと申します。

『セーラー服を着させて』をお手に取っていただきまして、本当にありがとうございます！

昨年、リンクス5月号に掲載していただいた『セーラー服を着させて』を、まさか後日談含めてノベルスにしていただけるなんて、当時の私は想像しておりませんでした。担当様にお話をいただいたときは、『また柚希《ゆずき》と恭平《きょうへい》が書ける！』と大喜びしたものです。

『セーラー服を着させて』では、ふたりの出会いと、自分を受け入れられなくてマイナス思考だった柚希の成長を、『ウエディングドレスに触れさせて』では、互いに深くかかわることに戸惑いすれ違うふたりと、気持ちを伝えることに怯えていた恭平の成長を書かせていただきました。

『セーラー服を着せたい』では、いつかぜったい書きたいと妄想していた、女装ネタのラブコメです。最後まで、柚希にセーラー服を着させるか否か、悩みました…！(笑)

イケメンで仕事ができて、一見完璧なサラリーマン。しかし実は、女装に憧れる乙女なオカマだった！　な柚希は、とことん優しくて男前で、だけど心は乙女……というギャップを楽しんでいただけたらと思い、私の知るかぎりの乙女をつぎ込みました。乙女度が足りない場合は、私の乙女度不足による弊害です、修行します……！（笑）

警戒心ばりばりのノラ猫みたいで、ぶっきらぼうだけど素直な高校生・恭平は、そんな柚希を見た目や性癖だけで見ず、本質を受け入れてくれる男前な一面がありつつも、まだまだ子どもで……なところを感じていただけたらと思い、悪戦苦闘して書いた思い出があります。攻視点でお話を書くのがほぼはじめてということもあってか、なかなか恭平の気持ちを理解できず、悶々としたものでした。

脇役キャラも、楽しんで書かせていただきました。憧れの山吹《やまぶき》にはあれだけハートを飛ばしていたというのに、大嫌いな猪口《いのぐち》には睨みをきかせて脳内で柔道技をかける柚希（どちらも心の中でですが）。この好き嫌いの激しさも女の子っぽい反応で、書いていて楽しかったです。

とくに猪口とのやり取りは、居酒屋帰りに柚希が尻を鷲掴みにされるシーンがお気に入りです。両手をわきわきする猪口を見てぞっとする柚希を、にやにやしながら書いた思い出があります（笑）。

大人でかっこよく、かつ乙女らしい表情がとても可愛い柚希と、にゃんこみたいに可愛すぎる恭平を書いてくださった三尾《みお》じゅん太《た》先生、本当にありがとうございました……！　柚希の爽やかな笑顔を見るたびにきゅんきゅんしたり、照れる恭平を見ては、柚希と一緒になって内股になり『可愛い〜〜!!』を連呼して悶えさせていただきました、私はしあわせ者です！

そしてお忙しい中、時間を割いてご助言いただいた担当様、的確かつ優しくご指導していただいて、本当にありがとうございます！

柚希と恭平のお話をみなさまに楽しんでいただけましたら、幸いです。

それでは、また会えますことを祈りまして。

２０１４年６月　　　柊モチヨ

LYNX ROMANCE

月狼《げつろう》の眠《ねむ》る国《くに》

朝霞月子　illust. 香咲

本体価格
870円＋税

ヴィダ公国第四公子のラクテは、幻の月狼が今も住まうという最北の大国・エクルトの王立学院に留学することになった。しかし、なんの手違いか后として後宮に案内されてしまう。そんなある日、敷地内を散策していたラクテは伝説の月狼と出会う。神秘の存在に心躍らせ、月狼と逢瀬を重ねるラクテ。そしてある晩月狼を追う途中で、同じ色の髪を持つ謎の男と出会うのだが、後になって実はその男がエクルト国王だと分かり…？

LYNX ROMANCE

硝子《ガラス》細工《ざいく》の爪《つめ》

きたざわ尋子　illust. 雨澄ノカ

本体価格
870円＋税

旧家の一族である宏海は、自分の持つ不思議な『力』が人を傷つけることを知って以来、いつしか心を閉ざして過ごしてきた。だがそんなある日、宏海の前に本家の次男・隆衛が現れる。誰もが自分を避けるなか、力を怖がらず接してくる隆衛を不思議に思いながらも、少しずつ心を開いていく宏海。人の温もりに慣れない宏海は、甘やかしてくれる隆衛に戸惑いを覚えつつも惹かれていき…。

LYNX ROMANCE

狐《きつね》が嫁入《よめい》り

茜花らら　illust. 陵クミコ

本体価格
870円＋税

大学生の八雲の前に突如、妖怪が現れる。友人が妖怪に捕らわれそうになり、八雲が母から持たされたお守りを握りしめると、耳元で『私の名前をお呼びください』と囁く男の声が…。頭の中に浮かんだ名を口にすると、銀色の髪をした美貌の男が現れ、八雲を助け消えてしまった。白昼夢でも見たのかと思っていた八雲だが、翌朝手のひらサイズの白い狐が現れ『自分はあなたの忠実な下僕』だと言い出して——。

LYNX ROMANCE

たとえ初《はじ》めての恋《こい》が終《お》わっても

バーバラ片桐　illust. 高座朗

本体価格
870円＋税

戦後の闇市。お人好しの稔は、闇市を取り仕切るヤクザの世話になりながら生活していた。ある日、稔はGHQの大尉・ハラダと出会い、親切にしてくれる彼に徐々に惹かれていく。そんな中、闇市に匿われていた戦犯・武田がGHQに捕らわれ、そのことで、ハラダが稔に親切にしてくれていたのは、武田を捕らえる目的だったことを知る。それでも恋心が捨てきれない稔は、死ぬ前にもう一度ハラダに会いたいと願うが…。

LYNX ROMANCE

囚《とら》われ王子《おうじ》は蜜夜《みつや》に濡《ぬ》れる

葵居ゆゆ illust. Ciel

本体価格
870円+税

見た目は極上、芸術や音楽には天賦の才を見せ、運動神経は抜群。でも頭の中身はからっぽのザンネンなオバカちゃん。そんな西脇円華は、大学入学前の春休みにバリのリゾートホテルで余暇をすごすことに。そこで小学生の頃、一緒に遊んだスウェーデン人のユーリと再会する。鈍感な円華は高貴な美貌の青年がユーリだと気づくことが出来ず怒らせてしまう。それにもめげず無自覚な恋心を抱いた円華は無邪気にアプローチし続けて…。

LYNX ROMANCE

ファーストエッグ 2

谷崎泉 illust. 麻生海

本体価格
900円+税

警視庁捜査一課でもお荷物扱いとなっている特命捜査対策室五係。中でも佐竹は、気怠げな態度と自分本位な捜査が目立つ問題刑事だった。その上、佐竹は元暴力団幹部で高級料亭主人の高御堂と同棲している…。端正な顔立ちと、有無を言わさぬ硬い空気を持った高御堂とは、快楽を求めあうだけの、心を伴わない身体だけの関係だった。そんな中『月岡事件』を模倣した連続事件が発生し、更に犯人の脅迫は佐竹自身にも及び…？

LYNX ROMANCE

シークレット ガーディアン

水壬楓子 illust. サマミヤアカザ

本体価格
870円+税

北方五都とよばれる地方で最も高い権勢を誇る月都。王族はそれぞれの守護獣を持っていて、第一皇子の千弦には破格の守護獣・ペガサスのルナがついていた。そのうえ、自らが身辺警護に取り立てた男・牙軌が常に付き従っている。寡黙で明鏡止水のごとき牙軌に対し、千弦は無自覚に恋心を抱いていたが、つまらない嫉妬から牙軌を辺境の地へ遠ざけてしまう。その頃、盗賊団によって王宮を襲撃するという計画がたてられており…。

LYNX ROMANCE

オオカミの言《い》い分《ぶん》

かわい有美子 illust. 高峰顕

本体価格
870円+税

弁護士事務所で居候弁護士をしている、単純で明るい性格の高岸。隣の事務所のイケメン弁護士・末國からなにかと構われ、ちょっかいをかけられていたが、ニブちんの高岸は末國から送られる秋波に全く気づかずにいた。そんなある日、同期から末國がゲイだという噂を聞かされた高岸は、ニブいながらも末國のことを意識するようになる。しかし、警戒しているにもかかわらず、酔った勢いでお持ち帰りされてしまい…。

LYNX ROMANCE

お金《かね》はあげないっ

篠崎一夜　illust. 香坂透

本体価格
870円＋税

「勤務時間内は、俺に絶対服従」金融業を営む狩納に多額の借金で拘束される日々を送る綾瀬雪弥は、ある事情から二週間、狩納の親代わりである染矢の弁護士事務所で住み込みで働くことになる。厳しい染矢に認めてもらえるよう慣れない仕事にも頑張る綾瀬。一方、限られた期間とはいえ、綾瀬と離れて暮らすことに我慢できない狩納は、染矢の事務所や大学でまでセクハラを働き…？　大人気シリーズ第８弾！

LYNX ROMANCE

無垢《むく》で傲慢《ごうまん》な愛《あい》し方《かた》

名倉和希　illust. 壱也

本体価格
870円＋税

天使のような美貌を持つ、元華族という高貴な一族の御曹司・今泉清彦は、四年前、兄の友人であり大企業の副社長・長谷川克則に熱烈な告白をされた。清彦はその想いを受け入れ、晴れて相思相愛に。以来「大人になるまで手を出さない」という克則の誓約のもと、二人は清い関係を続けてきた。しかし、まったく手を出してくれない恋人にしびれを切らした清彦は、二十歳の誕生日、あてつけのつもりでとある行動を起こし…？

LYNX ROMANCE

執愛《しゅうあい》の楔《くさび》

宮本れん　illust. 小山田あみ

本体価格
870円＋税

老舗楽器メーカーの御曹司で、若くして社長に就任した和宮玲は、会長である父から、氷堂瑛士を教育係として紹介される。怜悧な雰囲気で自分を値踏みしてくるような氷堂に反発を覚えながらも彼をそばに置くことにした玲。だがある日、取引先とのトラブル解決のために氷堂に頼らざるをえない状況に追い込まれてしまう。そんな玲に対し、氷堂は「あなたが私のものになるのなら」という交換条件を持ちかけてきて…。

LYNX ROMANCE

神《かみ》さまには誓《ちか》わない

英田サキ　illust. 円陣闇丸

本体価格
855円＋税

何百万年生きたかわからないほど永い時間を、神や悪魔などと呼ばれながら過ごしてきた腹黒い悪魔のアシュトレト。日本の教会で牧師・アシュレイと出会ったアシュトレトは、彼と親交を深めるが、上総の車に轢かれ、命を落としてしまう。アシュトレトはアシュレイの一人娘のため彼の身体に入り込むことに。事故を気に病む上総がアシュレイの中身を知らないことをいいことに、アシュトレトは彼を誘惑し、身体の関係に持ち込むが…。

LYNX ROMANCE

空《そら》を抱《いだ》く黄《おう》金《ごん》竜《りゅう》

朝霞月子　illust. ひたき

本体価格
855円＋税

のどかな小国・ルイン国で平穏に暮らしていた純朴な王子・エイプリルは、出稼ぎのため世界に名立たるシルヴェストロ国騎士団へ入団する。ところが『破壊王』と呼ばれる屈強な騎士団長・フェイツランドをはじめ、くせ者揃いな騎士団においてはただの子供同然。自分の食い扶持を稼ぐので精一杯の日々。その上、豪快で奔放なフェイツランドに気に入られてしまったエイプリルは、朝から晩まで、執拗に構われるようになり…？

LYNX ROMANCE

危《き》険《けん》な遊《ゆう》戯《ぎ》

いとう由貴　illust. 五城タイガ

本体価格
855円＋税

華やかな美貌の持ち主である高瀬川家の三男・和久は、誰とでも遊びで寝る奔放な生活を送っていた。そんなある日、和久はパーティの席で兄の友人・義行に出会う。初対面にもかかわらず、不躾な言葉で自分を馬鹿にしてきた義行に腹を立て、仕返しのため彼を誘惑して手酷く捨ててやろうと企てた和久。だがその計画は見抜かれ、逆に淫らな仕置きをされることになってしまう。抗いながらも次第に快感を覚えはじめた和久は…。

LYNX ROMANCE

今《こ》宵《よい》スイートルームで

火崎勇　illust. 亜樹良のりかず

本体価格
855円＋税

ラグジュアリーホテル『アステロイド』のバトラーである浮島は、スイートルームに一週間宿泊する客・岩永から専属バトラーに指名される。岩永は、ホテルで精力的に仕事をこなしながらも毎日入れ替わりでセックスの相手を呼び遊んでいたが、そのうち浮島にもちょっかいをかけてくるようになる。そんな岩永が体調を崩し、寝込んだところを浮島が看病したことから、二人の関係は徐々に近づいてゆき…。

LYNX ROMANCE

臆《おく》病《びょう》なジュエル

きたざわ尋子　illust. 陵クミコ

本体価格
855円＋税

地味だが整った容姿の湊都は、浮気性の恋人と付き合い続けたことですっかり自分に自信を無くしてしまっていた。そんなある日、高校時代の先輩・達祐のもとを訪れることに。面倒見の良い達祐を慕っていた湊都は、久しぶりの再会を喜ぶが、達祐から「昔からおまえが好きだった」と突然の告白を受ける。必ず俺を好きにさせてみせるという強引な達祐に戸惑いながらも、湊都は次第に自分が変わっていくのを感じ…。